AUTOPORTRAIT AU REVOLVER

DU MÊME AUTEUR

Monsieur Julot, Montréal, Stanké, 2005. Prix Découverte Salon du livre du Saguenay Abitibi Consolidated 2006.

Les Mésaventures de Grosspafine, tome 1, *La confiture de rêves*, Montréal, Hurtubise, 2007. Prix Jovette-Bernier 2007.

Les Mésaventures de Grosspafine, tome 2, *Le Prince Malavenant*, Montréal, Hurtubise, 2008.

Mademoiselle Personne, Montréal, Hurtubise, 2008. Prix France-Québec 2009.

Sombre Peuple, Montréal, Hurtubise, 2010.

Sous le nom de Marie Navarre :

La Mort, l'amour et les trois chevaliers, Montréal, Stanké, 2006.

MARIE CHRISTINE **BERNARD**

AUTOPORTRAIT AU REVOLVER

amÉrica

Hurtubise

Catalogage avant publication de Bibliothèque et Archives nationales du Québec et Bibliothèque et Archives Canada

Bernard, Marie Christine, 1966-

Autoportrait au revolver

(AmÉrica)

ISBN 978-2-89723-017-3

I. Titre. II. Collection : AmÉrica (Montréal, Québec).

PS8603.E732A97 2012 C843'.6 C2012-941205-8
PS9603.E732A97 2012

Les Éditions Hurtubise bénéficient du soutien financier des institutions suivantes pour leurs activités d'édition :

- Conseil des Arts du Canada ;
- Gouvernement du Canada par l'entremise du Fonds du livre du Canada (FLC) ;
- Société de développement des entreprises culturelles du Québec (SODEC) ;
- Gouvernement du Québec par l'entremise du programme de crédit d'impôt pour l'édition de livres.

Conception graphique : René St-Amand
Illustration de la couverture : François Escalmel
Maquette intérieure et mise en pages : Andréa Joseph

ISBN : 978-2-89723-017-3 (version imprimée)
ISBN : 978-2-89723-019-7 (version numérique PDF)
ISBN : 978-2-89723-018-0 (version numérique ePub)

Dépôt légal : 3e trimestre 2012
Bibliothèque et Archives nationales du Québec
Bibliothèque et Archives Canada

Diffusion-distribution
au Canada :
Distribution HMH
1815, avenue De Lorimier
Montréal (Québec) H2K 3W6
www.distributionhmh.com

Diffusion-distribution
en France :
Librairie du Québec / DNM
30, rue Gay-Lussac
75005 Paris FRANCE
www.librairieduquebec.fr

Imprimé au Canada
www.editionshurtubise.com

À ma mère. Pour la musique.
Et pour les histoires, dites ou pas dites.

There's a crack in everything. That's how the light gets in.

Leonard Cohen,
Anthem

C'est l'âge aussi qui vient peut-être, le traître, et nous menace du pire. On n'a plus beaucoup de musique en soi pour faire danser la vie, voilà.

Louis-Ferdinand Céline,
Voyage au bout de la nuit

Ce serait l'histoire d'un garçon fou.

Ce ne serait pas sa faute. Il y aurait eu d'autres histoires avant la sienne. Mais on ne parle pas de cela tout de suite.

Ce garçon-là s'appellerait Jude, il aurait dix-neuf ou vingt ans et il souffrirait d'un trouble psychotique. L'histoire ne dit pas lequel. Tout ce réel avalé par le cerveau en même temps. Ça fait des trop grosses bouchées. On étouffe.

*Il aimerait la musique. Celle de Jean-Sébastien Bach, avec aussi une petite tendresse pour Antonio Vivaldi, et quelques autres. Mais son amour le plus absolu resterait pour ce monsieur Jean-Sébastien qui savait traduire en sons l'*harmonia mundi, *qui donnait toute la mesure de la divine proportion dans le moindre silence, le moindre tempo, la moindre noire issus de son esprit d'or. Monsieur Jean-Sébastien qui faisait, selon les principes de Pythagore et d'Euclide, chanter l'univers.*

1

— Écoute, bébé. C'est Dieu qui chante.

La lumière jaune de cette fin d'août traverse les feuillages pour venir lui trottiner sur les joues, et le faire cligner des yeux. Il est dans les bras de Maman, complètement ivre. Il tète. De la petite boîte jaune posée tout près, sur la couverture à carreaux, jaillissent les notes de l'adagio du *Concerto n° 2* en *sol* mineur des *Quatre Saisons*. Les violons passent par un petit fil et s'en vont dans les ronds en mousse posés sur les petites oreilles de l'enfant. Ils lui racontent un jour de fin d'été comme celui-ci. Le visage de Maman est tendu vers le ciel qui fait des coucous à travers les feuilles bruissantes. On dirait que l'arbre danse, que ses branches sont des bras immenses étirant leurs doigts au soleil.

— Entends-tu ça, bébé ? Entends-tu ça, comme c'est beau ?

Il entend. Il entend le chant grave et lent de l'arbre, et le cœur de sa mère, et la lumière aussi. La lumière rit doucement, la lumière fredonne la mélodie du violoncelle, elle imite le frottement des feuilles sous le vent en lui chatouillant le nez. Il entend tout ça.

Il entend l'âme du monde.

Lui aussi ferait chanter l'univers, mais avec des couleurs et de la lumière. Il serait peintre. Il peindrait des fugues et des cantates et des oratorios.

On le verrait dans son atelier, debout devant un chevalet orienté pour attraper la lumière un peu chiche d'une chambre d'appartement typique de ces quartiers aux escaliers extérieurs en colimaçon. Il n'y aurait pas de taches de peinture par terre, pas de chiffons qui traînent, pas de toiles empilées dans un coin. Il serait bien ordonné. Ce serait très important pour lui que les choses se fassent et existent dans le bon ordre. Il travaillerait un tableau à la fois, méticuleusement, calculant la moindre ligne, la moindre courbe, la moindre perspective. On n'aurait jamais vu de lui autre chose que des toiles abstraites, dont l'étrange harmonie provoquerait chez le spectateur ce sentiment mêlé de grâce et de puissance qu'inspirent les œuvres de Bach.

2

On peut faire ça avec les couleurs. Montrer la vibration de l'air. On touchetouchetouchetouche la toile avec le bout du pinceau comme ça. Après on estompe avec le torchon pour que ça devienne tout lisse en surface. Comme l'air. Immobile, limpide et pourtant rempli de minuscules frissonnements. Monsieur Antonio Vivaldi, il a fait ça dans l'adagio du *Concerto n° 2* en *sol* mineur des *Quatre Saisons*. Il a fait le soleil qui joue avec le vent dans les branches touffues des arbres, au mois d'août, tu sais ? La lumière est jaune, il y a des bourrasques, les feuilles mûries cliquettent en se frôlant. Quand on ferme les yeux, on voit les doigts des rayons qui déjouent les feuillages pour venir pianoter sur nos paupières, et c'est chaud comme une main de maman quand on a de la peine. Ça aussi, c'est l'âme du monde. Et puis monsieur Antonio, il faisait comme monsieur Jean-Sébastien, il mettait bien ses mesures en ordre. Toi, tu comprends ça, tu aimes l'ordre et la propreté. C'est normal. Ta tête est longue comme la moitié de ton corps.

On verrait toujours, dans le portrait du jeune homme peignant, une petite chatte tabby. Elle serait tranquille dans un coin, les yeux mi-clos, les pattes de devant repliées en sphinx, dans une attitude de méditation profonde. On ne pourrait jamais savoir si elle dort, si elle observe, si elle écoute, mais Jude lui adresserait très souvent la parole et la prendrait à témoin de son travail et de ses réflexions.

Ce serait une très vieille chatte aveugle, que le garçon fou aurait recueillie tout petit enfant, et qui aurait été sa confidente depuis toujours. Elle s'appellerait Cassandre.

Il faut une histoire d'amour. Il y aurait donc une jeune femme.

Elle serait obèse. Très.

Fille d'une mannequin et d'un requin de la finance, élevée dans ce milieu obsédé par le paraître, elle aurait vécu le regard de sa mère comme celui de Méduse. Pétrifiée par le désamour de ce regard incapable de reconnaître pour sienne cette fille sans grâce, elle serait devenue, adulte, un être enfermé dans le déni d'exister, le corps compensant cet état de fait en prenant encore de l'expansion. Voyez-moi, dirait ce corps, admettez ma présence en ce monde.

Elle ne trouverait aucun réconfort dans la musique. Ni dans la peinture, ni dans aucune expression artistique. La seule source de chaleur pour l'âme de cette jeune femme, ce seraient les soins qu'elle prodiguerait aux vieux enfermés dans cette résidence privée miteuse où elle travaillerait comme préposée. Des petits vieux puant la pisse, sans famille, laissés à croupir dans des fauteuils pour tant par mois. En plus des soins, elle prendrait le temps de serrer chacun dans ses bras au moins une fois par jour, malgré un règlement interdisant « toute forme de contact avec les résidents, autre que pour les soins tels que nettoyage, changement de culottes d'aisance ou de pansements, habillage ». Il y aurait à l'occasion un monsieur qui lui chatouillerait une hanche ou lui effleurerait un sein, et elle laisserait faire avec un certain amusement. Elle ne verrait pas de mal à ça.

Dans quel état d'angoisse se trouve-t-on quand on n'a plus la capacité de trouver des repères temporels et spatiaux ? Quand on est tout seul sans personne pour venir vous rassurer ? Quel froid implacable peut remplir un corps qu'on ne touche plus ? Un cœur que l'on n'écoute plus battre ? Une souffrance à laquelle personne ne répond plus ? Hein ? Alors elle laisserait faire les mains libidineuses. Elle serrerait contre elle chaque résident, au moins une fois par jour, même s'il puait, même s'il lui bavait dessus, même si, parfois, il répondait par une claque ou une insulte, et elle risquerait chaque fois le renvoi.

3

Il existe une méthode pour s'asseoir de manière à ne pas trop laisser paraître ses bourrelets. D'abord, il ne faut pas appuyer le dos. Les fauteuils sont généralement trop profonds et cela a pour effet de faire pendre ridiculement les pieds à trois pouces du plancher, en plus de vous empêcher de rentrer le ventre. Il vaut mieux poser ses fesses au bord du siège, de façon à pouvoir se tenir très droite. Ainsi on peut contrôler mine de rien la manière dont tombent les plis du chemisier, vérifier si le décolleté ne bâille pas, tout ça. Il faut se tenir très légèrement penchée en avant, le cou subtilement étiré, afin d'atténuer l'effet « triple-menton ». Penser à garder les épaules souples et à ne pas laisser les bras le long du corps, à ne pas agiter les mains dans les airs, avec tout ce gras qui tremblote sur les triceps. Surtout si l'on porte un vêtement sans manches. Mais cela fait longtemps qu'on a renoncé aux vêtements sans manches, de toute façon. L'été, on souffre affreusement de la chaleur.

Et l'on se sait grotesque, suante et rouge dans ses vêtements tachés aux aisselles.

Puis il y a toujours cette conscience extrêmement aiguë des réactions que ce corps peut provoquer. «Mon Dieu, j'espère que je ne deviendrai jamais comme ça», pensent les femmes, alors que les hommes se disent quelque chose comme: «Paraît que les grosses sont plus cochonnes, mais je me montrerais jamais avec une toutoune de même.»

Peu importe la position dans laquelle on se trouve, de toute façon. Assise, debout, couchée, à quatre pattes en train de chercher la bague de madame Unetelle sous la commode ou penchée sur monsieur Chose pour nettoyer sa plaie, l'image de ce corps obèse vous hante constamment, vous maintient dans un état de malaise permanent. On compense en étant toujours impeccablement coiffée, les cheveux bien coupés, en portant des vêtements sombres et discrets en tout temps. Au moins là-dessus, personne ne peut dire qu'on se laisse aller. Parce qu'on sait évidemment ce que les gens pensent des grosses comme vous. Ils pensent que si on est rendue là, c'est qu'on n'a pas pris soin de soi, qu'on a mangé comme une défoncée, qu'on n'a pas fait suffisamment d'exercice, qu'on s'est bourrée de cochonneries.

Pourtant ce n'est pas vrai, n'est-ce pas? On mange normalement. On marche vingt minutes le matin et vingt minutes le soir entre l'arrêt de bus et son appartement. On ne consomme pas de junk food, ni de bonbons, ni de chips, et l'on ne prend du dessert que lorsqu'on y est invitée, pour être polie.

Depuis l'adolescence, d'abord exhortée à le faire par votre mère ne se remettant pas qu'on ait pris six livres durant un séjour chez une tante où l'on avait trompé l'ennui en grignotant tout ce qui vous tombait sous la dent, on a enchaîné tous les régimes possibles. Et cela a eu l'effet habituel auquel les gens ne semblent pas se résoudre à croire : on perd quelques livres qui reviennent ensuite en force, flanqués de trois ou quatre copines supplémentaires. Au bout d'un certain temps, on est séduite par une nouvelle promesse de miracle et ça recommence.

Ainsi, à 27 ans, se retrouve-t-on à plus de 260 livres pour une taille de 5 pieds 2 pouces.

Ils ne se rencontreraient pas tout de suite.

Avant, il faut parler d'avant. Avant, il y aurait eu Nathalie. Et avant Nathalie, il y aurait eu June.

4

June regarde le fond de son verre. La danseuse a fini son set. On entend en sourdine *Sympathy for the Devil* tandis que la suivante se prépare. Le serveur, une vieille tapette fatiguée, lui a annoncé, en jetant un cendrier propre sur la table :

— Tu vas voir, ma chouette, la prochaine c'est une vraie pro. Elle fait des affaires pas possibles… Paraît qu'elle a déjà pogné pas mal dans le boutte de Détroit, quelque part par là.

June n'a pas envie de le savoir. Elle voudrait que la vieille tapette la laisse tranquille. Elle voudrait que la vieille tapette foute le camp. Elle voudrait que la vieille tapette se visse elle-même dans le plancher. Elle rit à cette image, le serveur vissé jusqu'au cou dans le plancher, mais il se méprend. Il rit avec elle et il ajoute, complice :

— C'est sûr qu'elle est un peu fripée, mais elle est encore pas mal souple pour son âge.

June détourne la tête pour qu'il comprenne qu'elle n'a pas envie de parler. Elle est trop stone pour le lui dire. Où sont donc les autres ? Ah, les voilà. Tout à coup, elle se souvient. Ils sont allés fumer un joint dans les toilettes. Ringo parle avec ses mains. Il a toujours fait ça. Parler avec ses mains. Pour dessiner dans l'air des compléments à ses mots si rares. Pour lui dire qu'il l'aime. Ses mains, c'est sa voix. Encore plus quand il tient ses baguettes. Quand elles volent sur la batterie, ses mains, Ringo il parle toutes les langues. Comme les apôtres après l'Épiphanie. Non, l'Assomption. Le dimanche des Rameaux ? La… Pentecôte ? Shit. Qu'est-ce que ça donne de se rappeler tout ça ? Tous ces mensonges. Tant de mensonges.

Nash la regarde en reprenant sa place. Il ne la lâche pas des yeux tandis qu'il se roule une cigarette. Ses lèvres bougent. Elle ne sait pas ce qu'il lui dit. Elle voudrait lui répondre, mais sa tête refuse de remuer, sa bouche reste obstinément fermée. Elle voudrait lui expliquer qu'elle est allée voir auprès des filles du club si, des fois, l'une d'elles n'aurait pas pu lui vendre quelque chose.

Deux d'entre elles pouvaient. Une avait du LSD, l'autre de l'héro. Elle a pris les deux, vu qu'elle ne savait pas quand elle pourrait en retrouver.

— Tu feras attention, a observé la plus jeune, une petite blondasse aux seins énormes, déguisée en cow-girl topless. C'est du stock fort. Faut que tu la coupes. Prends-la pas pure.

— Ouais, ouais. Correct, inquiète-toi pas.

Après, elle a marché jusqu'aux toilettes. Elle était tellement en manque que le plancher ondulait sous ses pieds. Sa tête lui semblait flotter à dix pieds au-dessus de ses épaules. Tout le monde la regardait méchamment. Certains se chuchotaient des choses à son propos. Des choses vraiment laides. Elle a même cru voir une des vendeuses de dope la montrer du doigt en ricanant. Ses dents étaient jaunes et démesurément longues. June a fini le trajet en courant, comme quelqu'un qui a très envie de pisser et qui ne pourra plus se retenir très longtemps. Fermé la porte, tiré le verrou, arraché le petit sachet de sa poche de chemise en tremblant.

Avant de préparer la seringue, elle en a sniffé un petit coup, pour patienter. «Prends-la pas pure», qu'elle avait dit, la fille. Elle a fait une demi-dose. Ça devrait aller comme ça puisqu'elle n'avait rien pour couper.

Alors maintenant, June contemple Nash d'un œil hébété. Bob et Ringo parlent du Viêtnam. C'est leur sujet préféré, le Viêtnam. De la politique d'assassins, qu'ils disent.

— C'est pas les Viêt-côngs, qu'il faut descendre, dit Ringo, c'est Nixon. Un maudit bandit.

Il fait un revolver avec ses doigts et dit «Ptiou!»

— Prêt à gager qu'ils vont le réélire, en plus, fait Bob avec une moue.

— On est ben toute pareils. On a réélu Trudeau, nous autres, même après ce qu'il a fait au mois d'octobre l'année passée.

C'est Nash, qui en a eu assez de regarder une June toute vide et qui s'est mêlé à la conversation.

Nash est séparatiste. Il était sympathisant du FLQ quand il y a eu les mesures de guerre. Il s'est même réfugié au Lac-Saint-Jean, durant plusieurs mois, pour échapper à la police fédérale. Entre octobre 1970 et juin 1971, ils ont joué sans bassiste. Puis Nash est revenu d'Alma avec les cheveux longs et des gros favoris, et les Highway Riders, de nouveau au complet, ont renoué avec leurs fidèles admirateurs dans les bars country de la province, de Gaspé à Matagami.

Ça va bien. Ils ont presque assez d'argent pour enregistrer leur disque. Ce qui manque, ils vont le gagner sur la route. Demain soir, ils vont jouer encore une fois dans ce bar-ci. Après Valleyfield, il y aura d'autres petites villes, des clubs, des salles paroissiales, des sous-sols d'église, des fins de bingos. Puis ils prendront l'Interstate 75 et rouleront pas loin de 300 milles jusqu'à Nashville. Là, ils vont jouer durant le Bluegrass Festival et ils vont faire leur long-jeu. Le premier 33 tours des Highway Riders. Que des compositions originales inspirées des plus grands, de Johnny Cash à Willie Nelson, en passant par Loretta Lynn et Hank Williams. June fera *I'm Sorry* de Brenda Lee, seule concession à l'interprétation, parce qu'elle la rend tellement bien. Quand elle chante ça, tout le monde pleure dans le club. Même les hommes.

Les yeux fermés, elle se laisse engourdir par le bruit des conversations et le slide guitar qui accompagne la cow-girl topless. Elle se sent tout à fait légère et détachée, maintenant, elle songe à Nathalie et elle sourit à sa petite fille, à ses cheveux noirs et ses tresses, à ses yeux brun foncé qu'elle pose sur le monde avec tant de tranquillité. Dans deux semaines, maximum trois, elle va la retrouver. Elle est bien, là où elle est, la petite, bien sûr. Ils ne l'auraient pas laissée à un endroit où elle aurait pu être malheureuse. Jamais.

Un vertige saisit June, quelque chose comme une main griffue qui lui serre le cœur. Elle étouffe un hoquet et se lève gauchement, se cognant la hanche à la table. Les trois autres sursautent et la regardent, inquisiteurs.

— C'est rien, les gars. Besoin de prendre de l'air. M'en vas dehors une minute, OK?

Ils acquiescent et retournent à leur conversation. Seul Ringo la regarde sortir, avec une soudaine tristesse qui lui traverse la poitrine, tranchante comme une feuille de papier.

Ce qui est arrivé avant vous, même lorsque vous l'ignorez, vous définit. Ce que vous êtes ou n'êtes pas, ce que vous faites ou ne faites pas. Des choses laides qui n'ont pas été dites vont vous ronger l'âme par la racine. Des choses qu'on vous aura cachées pour ne pas en remourir, sous le prétexte de vous protéger de leur laideur.

Alors il vous manque des bouts de vous-même et vous ne pouvez pas comprendre pourquoi vous agissez de telle manière, pour quelles raisons vous avez besoin de poser tels gestes, d'où vous vient cet amour de la musique et cette nécessité de la peindre.

Vous n'avez de lien avec le passé que ces voix dans votre tête.

5

Ils l'ont cherchée partout. Partout. Même la police l'a cherchée partout. Et personne ne l'a retrouvée.

Jamais.

6

Les Highway Riders sont allés sur toutes les routes avec Nathalie bien installée sur la banquette arrière. C'est une Dodge A100 Custom Sportsman Van 1965. Nathalie présente la voiture comme ça, par son nom complet, à qui veut bien s'y intéresser. Ils voyagent toujours installés de la même manière, quatre derrière (en comptant Nathalie quand elle est réveillée) et deux devant. Les deux devant, papa et maman. La batterie de papa et les autres instruments s'entassent dans l'espace de chargement, à l'arrière, avec les maigres bagages de tout le monde. À gauche du petit lit de Nathalie s'assied mon oncle Nash qui fume des Export'A sans filtre. À droite se tient mon oncle Blue qui fume des Player's. Entre mon oncle Nash et mon oncle Blue se tient mon oncle Hank, avec Nathalie sur les genoux quand elle ne dort pas. Papa et maman ne fument pas la cigarette et mon oncle Hank non plus. Par contre, lui, il fume de l'herbe, et il en donne à tout le monde. Même Nathalie, qui n'a rien demandé, en respire un peu dans son sommeil voyageur. Ringo racontera tout ça à Jude un jour. Il rira, rendu là, puis il deviendra pensif et il ajoutera, d'un ton rêveur :

— Ouais. La petite aussi, elle en respirait.

Nathalie, elle est toujours bien sage au cours de ces tournées harassantes. Pendant que les Highway Riders font leurs sets dans les bars de Gaspé à Matagami, elle dort dans le camion. Maman vient voir pendant les pauses si elle n'a besoin de rien, puis elle retourne dans le bar de Gaspé ou de Matagami. Nathalie a fait de la tournée durant toute sa petite enfance, puis maintenant qu'elle est devenue trop grande pour dormir toute seule dans le petit lit d'auto, papa et maman ont trouvé une bonne famille qui prendra bien soin d'elle durant leurs longues absences. Et puis, il faut bien qu'elle aille à l'école.

On est en 1972, elle a eu ses six ans et les Highway Riders sont partis à Nashville pour jouer au Madison Bluegrass Festival. La chance de leur vie de montrer qu'ils savent faire autre chose que de reprendre des versions françaises des grands succès du country américain dans des bars de province. Et ils vont enregistrer un vrai long-jeu. Toutes leurs compositions, puis aussi *I'm Sorry* de Brenda Lee, que maman chante si bien. Pour la durée de leur voyage à Nashville, ils ont donc confié Nathalie à monsieur et madame Dubé.

C'est du bon monde, les Dubé. Papa l'a juré sur tous les tons. Ils ont passé une annonce et se sont renseignés et tous ceux à qui l'on a demandé des références étaient unanimes. C'est du bon monde. Des gens si gentils, si tristes de ne pas avoir d'enfant à eux ! Ils étaient tellement heureux de pouvoir câliner quelqu'un, enfin ! Quand papa et maman et les Highway Riders ont amené la petite fille, madame Dubé avait déjà fait provision de rubans de toutes les couleurs pour lui faire des tresses.

— Fais ça comme il faut, ma p'tite pitoune, a dit maman. On va revenir vite. Dans vingt et un dodos.

— Oui, oui, a renchéri papa. Tu vas voir, trois semaines, ça passe vraiment vite.

Les oncles ont fait des bye bye dans la voiture pleine de boucane. Mon oncle Nash envoyait des baisers. Puis papa et maman sont montés dans le camion plein de rhumatismes, et Nathalie les a regardés de la galerie, avec madame Dubé qui lui tenait la main fort, fort. Le véhicule a monté la côte et disparu. Il n'est resté, un court instant, que la fumée d'échappement, fantôme volatil, dernier vestige de ce qui a été, durant cinq ans, la famille et la maison de Nathalie.

Elle n'aura pas le temps de raconter grand-chose de sa vie à son fils, plus tard. Mais ça, la disparition de la Dodge A100 Custom Sportsman Van 1965, oui. Et il se rappellera ensuite son visage grimaçant de pleurs, son bout de nez tout rouge et les bulles de morve qui se formaient sous sa narine tandis qu'elle lui parlait. Il devinera les fantômes qui hanteront sa mère. Il les verra. Il ressentira précisément toutes ses émotions à elle, tous ses chagrins, toutes ses douleurs. Il saura donc que, chez les Dubé, elle a vite été au courant des habitudes de la maison.

C'est simple : on obéit toujours, on ne proteste jamais. Le soir, monsieur Dubé vient s'étendre à côté d'elle, dans la jolie chambre avec un lit à baldaquin rose qu'on a aménagée juste pour elle, et lui dit :

— Chut, chut ! Tais-toi !

Il met sa main sous sa jaquette, il touche sa bizoune, puis il dit encore, avec une drôle de voix :

— Tu parles de ça à personne, sinon je vas aller en prison, pis ça va être de ta faute, pis ton père va être ben choqué après toi !

Ensuite, il respire très fort, et il fait mal à Nathalie avec ses gros doigts qui lui appuient durement sur la bizoune, et il dit encore :

— Arrête ça, arrête ça, ma petite maudite, arrête !

Durant la journée, monsieur Dubé travaille au Moulin. Madame Dubé reste à la maison. Nathalie joue avec sa poupée Jonquille et elle doit venir tout de suite, chaque fois que madame Dubé l'appelle. Elle doit venir tout de suite, sinon madame Dubé la frappe sur la tête avec la cuiller de bois. Même quand elle vient tout de suite, il arrive que madame Dubé la frappe. Elle la frappe aussi quand elle bouge ou se plaint tandis qu'elle lui tresse les cheveux. Nathalie a souvent envie de se plaindre dans ces moments-là, parce que madame Dubé tire fort sur ses longues mèches foncées pour faire des nattes bien serrées qui lui font mal aux tempes. Elle la frappe si elle salit ses vêtements. Elle la frappe si elle tient ses couverts de la mauvaise façon. Elle la frappe si elle ferme mal les robinets de la salle de bains. Elle la frappe si elle oublie de dire merci et s'il vous plaît. Elle la frappe si ceci et si cela. Toujours sur la tête et souvent avec la cuiller de bois. Sinon c'est avec la jointure de son majeur replié. Toc toc.

— Vas-tu la refermer comme il faut, la champlure ?

Toc.

— Vas-tu y faire attention, à ton linge ?

Toc toc.

— Vas-tu arrêter de grouiller pendant que je te peigne ?

Toc toc TOC TOC.

Nathalie, à qui mon oncle Blue a appris à compter à l'envers entre Baie-Comeau et Sept-Îles, compte soigneusement les dodos depuis le début. Trois semaines. Pendant que monsieur Dubé lui répète : « Arrête, arrête ! », elle compte. Pendant que madame Dubé fait toc toc sur sa tête, elle compte. Dix-neuf dodos. Seize dodos. Onze. Huit. Quatre. Un. Un ?

Un ?

Toc.

7

Ringo a cherché June à en devenir fou. Combien de temps ? Impossible à dire. Sauf pour Nathalie qui a compté les dodos jusqu'au retour de son père. Alors durant 547 dodos, il a cherché June à Valleyfield et dans les alentours, puis plus loin, puis n'importe où, jusqu'à perdre le boire, le manger, le dormir. Et le souvenir de sa fille.

Il n'y aura donc jamais eu de Bluegrass Festival, ni de June interprétant *I'm Sorry* sur un album 33 tours des Highway Riders.

Ringo a fini par venir récupérer Nathalie, brisé. Il l'a fait monter avec lui dans la Dodge A100 Custom Sportsman Van 1965, sans un mot. Et, sans le savoir, il a aussi rempli le véhicule de bagages invisibles. Tous les coups de cuiller en bois et tous les cheveux tirés de madame Dubé. Tous les chut et toutes les petites maudites de monsieur Dubé.

Nathalie grandira sans rien savoir de ce qui est arrivé à sa mère. Comment dire à une petite fille qui vous a attendu si longtemps que sa maman a juste disparu ? Comment expliquer une chose que vous n'arrivez pas vous-même à admettre ?

Nathalie aura contemplé le silence de son père et décidé de ne pas traverser le mur, et d'en ériger un elle aussi. Elle l'aura construit bien solide, impénétrable. Insoutenable. Sous le poids des pierres secrètes, elle finira par éclater. Comme une pomme-grenade, avec des éclaboussures rouges partout.

À chacun son ordre du monde.

Les chats regardent le nôtre et ne s'y reconnaissent pas. Blottis contre nous ou tapis sous un buisson, ils sont dans leur propre univers étranger au nôtre, et pourtant coïncidant.

Ils cherchent notre chaleur mais pas notre approbation ; notre dévouement mais pas notre servilité ; notre présence mais pas notre connivence.

Observateurs attentifs, à la fois distants et captivés, ils ne perdent rien de cette étrange agitation qui nous régente. Bijoux nonchalants sertis aux frontières de notre monde, ils y entrent à loisir mais ne s'y fondent jamais.

8

Je te regarde. Tu peins. Tu peins à petits coups de pinceau vifs, au rythme du 3e *Concerto brandebourgeois*. Douze coups par mesure. Tu peins la partition du second violoncelle. Parfois tu laisses ton bras en suspens, le temps pour les violons de jouer leurs arpèges, puis tu reprends, un temps, silences, un autre, silences, puis voilà ta main qui se remet à danser la gigue. Beaucoup de mouvement pour cette uniformité noire.

Je te connais. J'ai toujours été là. Tu le sais, j'ai toujours été là. Moi, Cassandre.

Toujours j'ai posé mon regard sur toi. Même quand je semblais être ailleurs, occupée à faire ma toilette par exemple, j'étais là, je te regardais. Je te connais. Mieux que personne. Je sais qui tu es. Qui tu es vraiment.

Même quand je ne te regarde pas, je te vois. Pas avec mes yeux, non, mes yeux ne me servent plus à rien de toute façon. Crevés qu'ils sont, mes yeux. Je te vois avec mes oreilles, avec mon nez, avec mes vibrisses qui frémissent dans ma frimousse dès que tu approches tes doigts parfumés de peinture pour me lisser le museau. J'aime quand tu me lisses le museau. Je tends mon visage pour que tu frottes un peu plus fort, là où les poils se rencontrent et forment une petite vague, en plein milieu, entre mes deux yeux crevés qui ne s'ouvrent jamais, jamais.

C'est un bon choix, cette couleur. Il faut toujours commencer par peindre la lumière. On fait les odeurs et les frémissements ensuite, et on finit par les bruits.

Un jaune presque blanc pour le fond. Des touches de rose ? Oui. Rose. Comme un cri sourd au fond d'un couloir. Rose-cri.

Je les entends, moi, tes couleurs. Elles font de la musique. Toi, tu es le chef d'orchestre. Je compte les temps. Ma queue balaie le plancher de bois couvert de poussière. Un, deux, trois, quatre, cinq, six, sept, huit. Les moutons dansent.

Qu'est-ce que tu composes, Jude ? Mon Jude, mon compagnon de claustration, tu nous joues quoi ?

Et la jeune femme ? Qu'est-ce qu'elle fait dans cette histoire ?

Pour l'heure, elle se tient debout dans un couloir, face à une porte ouverte. Elle contemple le nouveau pensionnaire de la chambre 14.

Le vieil homme est tourné vers la fenêtre. Est-ce qu'il pense à quelque chose ? Est-ce qu'il a pensé à quelque chose, là, tout à l'heure ? Il cherche.

On le voit secouer la tête, lentement, avec lourdeur. Non, non, il n'a pas souvenir d'avoir pensé à quelque chose.

Et, en vérité, regarde-t-il vraiment par cette fenêtre ?

Blanc. Tout est blanc.

9

Où es-tu, June ?

« Monstre : Prodige qui est contre l'ordre de la nature, qu'on admire, ou qui fait peur. »

Furetière (1702)

10

Elle regarde son agenda. L'avant-midi sera chargée. Trois lits à changer, plus madame Chose à laver et monsieur Machin à masser. Tout le monde à saluer. À nourrir. À câliner au besoin. Elle va terminer par monsieur Machin. Elle est sur le point de refermer le carnet quand ses yeux s'arrêtent sur la date: 23 février. Jeudi. Cela fait exactement une semaine aujourd'hui. Une semaine. Elle esquisse un demi-sourire et se tourne vers le poste infirmier. Il est là, debout devant un classeur, tournant le dos, visiblement absorbé dans la lecture d'un dossier.

Elle hésite un peu, prend une profonde inspiration puis s'avance résolument vers le bureau. Il ne l'a vraisemblablement pas entendue venir puisqu'il sursaute lorsqu'elle l'enlace par derrière. Elle a juste le temps de dire: «Hé... Salut...» avant qu'il se dégage brusquement, jetant les yeux de tous côtés comme une bête traquée.

— Voyons donc, dit-il. Qu'est-ce que tu fais là! On est au travail ici!

— Mais c'est pas grave, on est juste nous deux. La patronne arrive jamais avant midi.

— T'oublies les résidents.

— Keith ! Les résidents sont trop perdus pour se rendre compte de quelque chose, tu le sais bien.

— Y a l'autre aussi, ajoute-t-il en allongeant le menton vers l'homme de ménage, qui passe la moppe devant le monte-charge.

Angélique considère un instant le vieil homme. Il paraît totalement concentré sur sa tâche, frottant méthodiquement le carrelage, carreau par carreau. Il fredonne une espèce de mélopée, toujours la même, à proprement parler sans mélodie. Que des mots prononcés dans une langue inconnue. *Awani kilawahoan... Kagui kwilawatoan... Kagui waniadoan...* Le rythme de la moppe s'accorde avec la cadence régulière de la mélopée. On dirait qu'il y a un tambour quelque part, un tambour sous la terre qui résonne jusque dans ces carreaux si méticuleusement frottés. C'est beau, triste et légèrement inquiétant. Elle secoue doucement la tête. Ce bonhomme, avec son visage de bronze où s'enfoncent des petits yeux noirs brillants comme des lucioles, il est franchement inoffensif. Elle le sait. Comment pourrait-on le craindre ? Il émane de lui une bonté venue du fond de la mémoire de l'humanité. Comme s'il avait tout vu. Tout su. Et tout accepté. Il est du côté de l'amour, cet homme, c'est évident. Il est du côté des innocents.

— Chéri, Joseph nous ferait pas de mal, tu le sais.

— Appelle-moi pas chéri !

Il la saisit durement par les épaules. « Pas de chéri, pas de câlin, pas de bisou, rien. Au travail, on travaille. Point. Je veux plus que tu me tournes autour comme ça. »

Elle acquiesce d'un hochement de tête, choquée. D'accord. C'est sans doute mieux comme ça. S'il le dit.

— OK, OK, c'est beau, je te tannerai plus. Est-ce... est-ce que tu penses qu'on va pouvoir se voir bientôt ?

— Se voir ?

Sa voix est dure. Son regard bleu paraît froid et coupant. Il a les traits contractés. Elle se demande avec affolement ce qu'elle a pu faire pour le contrarier à ce point. Elle a peur qu'il ne veuille plus d'elle. Déjà.

Mais il se radoucit soudain et son visage s'éclaire de ce sourire irrésistible qui est sa marque de commerce. Il plisse les yeux et la considère un instant avant de se pencher pour glisser à son oreille :

— À soir. Quand t'auras fini de coucher tout le monde. Attends-moi au sous-sol, dans la salle de gym. Mets rien en-dessous de ta jupe. Allume pas la lumière.

Il souffle sur son cou et effleure du bout de la langue le lobe de son oreille. Elle frémit, hoche à nouveau la tête. Une chaleur se répand dans son bas-ventre, une chaleur flambant neuve, un brasier inconnu et superbe. Elle s'en va sans se retourner, le cœur serti autour de cette sensation merveilleuse.

Immobile devant le monte-charge, le vieux Joseph la suit longuement du regard tandis qu'elle parcourt le long couloir plein d'échos, jusqu'à ce qu'elle disparaisse dans la chambre de monsieur Machin.

La nature donne, la nature prend. Le loup n'est pas cruel : il fait son office de loup. Le chevreuil va et vient sans penser au loup, sans s'inquiéter de son inévitable destin de proie. C'est ainsi que cela doit être puisque c'est ainsi que cela est.

La blessure que tu as reçue, n'a-t-elle pas sa place dans l'histoire qui est la tienne ? N'est-elle pas nécessaire à ta définition de toi-même ? Qui serais-tu sans elle ?

Awani kilawahoan… Kagui kwilawatoan… Kagui waniadoan…

Qui cherches-tu ? Que cherches-tu ? Qu'as-tu perdu ?

11

Les vieux, ça sent le vieux. Mon grand-père, il sent le vieux.

Il sent la pisse et les médicaments, l'eau de Javel et le désinfectant, la sueur, et un peu le caca. Puis il y a toujours cet effluve de peau fanée, quasiment agréable. Des fois, je le prends dans mes bras, je mets mon nez derrière son oreille et ça sent un peu comme quand j'étais petit et que je venais lui dire un secret pour lui tout seul. On avait nos secrets, nous deux. Des secrets innocents et des secrets douteux, des secrets de gars, des secrets pour personne d'autre. Dans ce temps-là, il écoutait, la tête penchée pour que je puisse parler tout bas dans son oreille. Après, il faisait sa moue sérieuse et il me flattait les cheveux avant de me donner un bec sur le front. Maintenant il ne répond plus aux abonnés, mais je lui dis encore des secrets. Il a du poil sur les oreilles et sa peau sent moins bon. Je crois qu'il m'entend même s'il ne réagit pas.

Il m'entend sûrement.

Hein, Cassandre ? Sûrement qu'il m'entend.

12

Elle attend dans le noir. Au-dessus d'elle, elle entend les pas de la préposée de nuit qui pousse le plateau des médicaments de minuit. Ça fait donc près de quatre heures qu'elle est là, tremblante, frissonnant au moindre craquement. Elle n'a pas vu passer toutes ces minutes, transie qu'elle est. Toutes les fois que l'envie l'a prise de partir, une voix dans sa tête l'a retenue. Et s'il arrivait maintenant ? Si tu le manquais d'une minute ? Keith a la clé de la porte qui va du sous-sol vers l'extérieur, comme tous les employés de la maison. Elle n'est pas inquiète de ce retard. Ce n'en est pas un, en fait. Ça fait partie d'un jeu, elle en est absolument certaine. Et elle est prête à jouer.

La première fois, une semaine plus tôt, ça s'est produit après la petite fête de Saint-Valentin organisée pour les résidents. Une dame d'un certain âge était venue chanter des chansons d'amour en piochant sur le vieux piano droit de la salle à manger, ce qui a eu l'heur de ravir les pensionnaires. Quelques-uns, moins décatis que les autres, ont dansé doucement de leur pas saccadé de petits vieux. On a applaudi à monsieur et madame Chose qui fêtaient leur soixante-huitième anniversaire de mariage, mais qui ne sont plus, ni l'un, ni l'autre, en état de s'en réjouir. Les tables arboraient des petits cœurs en papier de soie, quelques ballons rouges et blancs flottaient dans les coins, on a versé dans des coupelles en plastique trois gouttes de mousseux bon marché, et chacun a eu droit à un petit dessert au chocolat.

Keith et elle étaient tous deux du quart de nuit. On a couché tout le monde à une heure décente, administré les médicaments, puis on est redescendu aider Joseph à finir de ramasser tout ça.

À un moment donné, elle a avancé la main pour saisir une assiette, et celle-ci est entrée en collision avec celle de Keith qui s'apprêtait à faire la même chose. Et, contre toute attente, il a emprisonné ses doigts entre les siens. Elle a tenté de se dégager en riant, gênée. Il l'a retenue. Joseph brassait les chaudrons dans la cuisine. La patronne était partie. Keith a serré encore plus fort sa main.

— C'est beau, tes cheveux détachés. Tu devrais les garder comme ça.

Elle a machinalement porté sa main libre à ces cheveux qu'elle endure depuis toujours comme une tare, des cheveux trop fins d'un roux terne, gras moins de vingt-quatre heures après chaque lavage, impossibles à coiffer convenablement.

— Arrête donc. T'as trop bu de Codorniù ou quoi ?

Elle-même était pompette. Il l'était sûrement aussi. D'autant qu'elle l'avait vu plusieurs fois, au cours de la soirée, s'enfiler en douce des goulées d'une petite flasque de fort. Elle a tenté de le repousser. Et lui, au lieu d'obtempérer, il l'a enlacée et ramenée contre lui. Contre lui ! Il la serrait, elle pouvait sentir son haleine chargée d'alcool.

— Keith, fais pas le con. Lâche-moi, là.

Elle n'a pas crié, ne voulant pas alerter Joseph. Elle a encore essayé de se dégager et alors, alors là, il s'est penché pour embrasser son cou, juste derrière l'oreille.

— Tu sens bon, a-t-il soufflé. Je suis sûr que tu goûtes bon aussi. Tu veux pas me laisser goûter ? S'il te plaît… Ça fait longtemps que j'ai envie de savoir à quoi tu goûtes.

Quoi ? Lui ? Lui, ce grand mince décontracté, la quarantaine désinvolte, toujours une blague à la bouche, lui qui apparemment ne l'avait jamais regardée, ou seulement avec cet air de voir à travers elle, comme tous les autres, lui, il avait envie de savoir ce qu'elle goûtait ? Et depuis longtemps en plus ? Elle a encore eu ce ridicule rire nerveux.

— Es-tu fou, Keith ! Ça se peut pas. Personne veut savoir à quoi je goûte. T'es saoul, là.

Et elle a fait un nouvel effort pour sortir de l'étau du bras de l'infirmier. Ce qui a eu pour effet de resserrer encore l'étreinte. Confuse, elle a perçu son érection contre son bassin. Il respirait fort.

Impossible. Incroyable. Elle qui, à vingt-sept ans, n'a jamais attiré, au mieux, que des regards emplis de compassion, voilà qu'on la désirait ! Ce beau garçon aux bras certainement chargés de filles toutes plus séduisantes les unes que les autres, il la désirait ! Et là, maintenant, il devait percevoir qu'elle baissait sa garde, parce qu'il a laissé descendre un peu sa main vers ses fesses et a poursuivi la manœuvre.

— T'es désirable, Angélique. T'es pas comme les autres filles, c'est sûr. Mais t'as un beau visage. Des beaux yeux. Une belle bouche.

Il lui a empoigné une fesse.

— Un beau cul.

— Arrête.

Elle a tout à coup eu envie de pleurer.

— Arrête, Keith. Tu veux me faire de la peine. Mon cul, tu veux pas le toucher, tu veux pas le voir. Personne veut le voir, mon cul. Même pas moi. Lâche-moi. T'es méchant.

— Non, non, a-t-il insisté d'une voix vraiment douce. C'est pas vrai. Je veux pas te faire de peine. J'ai juste envie de te flatter. Comme ça. T'aimes pas ça ?

Qui n'aime pas se faire flatter ? Comment refuser des caresses dont on est sevrée depuis qu'on a atteint quarante livres, c'est-à-dire depuis l'âge de cinq ans ? Depuis qu'elle a cinq ans qu'elle dégoûte tout le monde, à commencer par sa mère, mannequin d'origine jamaïcaine d'une beauté éblouissante. Sa mère, la célèbre Cassie Hope, qui n'a jamais pu se résoudre à la prendre comme elle est. Ni son père, Stephen Fee, avocat pour bandits en cravate. Elle a tant souffert du désamour de ses parents. Et là, quelqu'un lui disait qu'elle était appétissante ? Incroyable. Et puis, oui, c'était vachement bon, cette caresse.

Dérangés par la présence discrète mais bien perceptible du concierge, ils se sont déplacés vers le sous-sol, dans la salle de gym, où ils se sont laissés tomber sur la pile de matelas destinés aux séances de yoga hebdomadaires. Elle l'a laissé l'embrasser, la caresser, la déshabiller et la déflorer, saisie par un mélange de surprise et d'éblouissement. Il lui a demandé de prendre son sexe dans sa bouche et elle s'est exécutée. Il a voulu faire de même avec elle et elle a écarté les cuisses en rougissant de honte, certaine qu'il reprendrait alors ses esprits pour la trouver laide enfin, ainsi abandonnée, toutes chairs dehors. Mais il n'a pas soupiré de dédain, il n'a proféré aucun commentaire. Il s'est contenté de la caresser avec sa langue et de l'amener, doucement, au plaisir.

Le lendemain, il ne l'a pas ignorée comme elle s'y était attendue. Il lui a apporté un café après le repas du soir. Ils ont un peu parlé. Surtout lui, en fait. Il a raconté ses bourlingues de jeunesse, quand il jouait de la guitare avec des chansonniers bien connus. Il lui a confié avoir abandonné ce métier pour faire quelque chose de constructif.

— Prendre soin des gens, ça c'est constructif, non ?

Elle a acquiescé. Cette fois elle a pris l'initiative de le caresser. Très maladroite, instruite de ces choses uniquement par le cinéma, la télévision et ses rares lectures, elle a fait de son mieux. Il a paru prendre du plaisir. Enfin, c'est ce qu'elle a cru. Elle a étouffé un cri quand il l'a mordue violemment à l'épaule au moment de l'orgasme.

— Excuse-moi, a-t-il dit ensuite en souriant. C'était la force de la passion. Tu vois comment tu me fais de l'effet…

Elle a murmuré que ce n'était pas grave et, une fois de retour chez elle, a tamponné l'hématome à l'eau d'hamamélis.

Ensuite, la fin de semaine est venue. Chacun est reparti pour deux jours vers sa vie privée. Pour elle, la vie privée, cela se résume à rien du tout. Les courses, la télé, le ménage. Pour lui… Comment savoir de quoi est faite sa vie privée à lui ? Il a d'autres femmes sans doute. Ou pire : une. Elle s'est torturée toute la fin de semaine, incapable de se sortir de la tête les images de lui en train de lui faire l'amour à elle. À tout bout de champ un vertige la saisissait et la faisait gémir. « Je suis en train de devenir folle. Folle raide. »

Le lundi suivant, il ne lui a adressé la parole que pour lui dire qu'il était trop occupé et qu'ils se verraient une autre fois.

Le mardi, il lui a pincé une fesse entre deux portes.

Le mercredi, il lui a fait un clin d'œil en terminant son quart. Il mettait son manteau, elle le voyait du fond du couloir où elle se trouvait, il a cligné de l'œil et il a formé, avec ses lèvres : « À demain. »

S'offrir en sacrifice. Volontairement se donner en pâture pour l'équilibre du monde. La nature ne conçoit pas d'ordre sans le prédateur et la proie.

Y a-t-il pour le chevreuil une délivrance, y a-t-il quelque ultime jouissance à se laisser glisser ainsi dans la mort, les crocs du loup plantés dans la jugulaire ?

13

Et maintenant, on est demain. Assise sur le banc de musculation, nue sous sa robe neuve dont le tissu la gratte, elle attend Keith. Les ombres des machines d'exercice s'allongent dans les rectangles de lumière formés sur le plancher par la lune qui éclaire les soupiraux. Le tapis roulant, la bicyclette stationnaire, le banc de musculation, telles des bêtes qui s'étirent avant de surgir de leur antre. À part ces flaques lumineuses, l'obscurité règne dans la salle de gym. Le silence est presque complet, si ce n'est le ronronnement de la fournaise, quelque part dans une autre partie du sous-sol.

Elle n'a pas peur. Mais elle est nerveuse. Elle se sent stupide d'avoir mis cette robe qui la boudine. D'habitude elle ne porte pour travailler que son uniforme blanc qui la met bien peu en valeur. Elle n'a jamais mis trop d'énergie à choisir ses vêtements de toute façon, puisque rien, aucun tissu, aucune couleur, aucune coupe ne parvient à masquer les débordements de son corps. Rien ne peut dissimuler ces bourrelets qui l'enveloppent et qui lui donnent dans ses déplacements l'allure d'un navire trop chargé, prêt à s'échouer au moindre haut-fond. Coupes classiques et couleurs sombres, toujours.

Une robe... Elle s'était dit que, peut-être, une robe pas trop cintrée... Mais ça n'a pas l'effet escompté. Plutôt que d'éprouver cette sensation d'assurance victorieuse qui paraît habiter les belles femmes élégantes, elle se sent comme ces grosses chanteuses sur le retour, noyées dans un amoncellement de plis, leur voix plus très juste jaillissant de leurs trois mentons pour brailler des mièvreries. Comment a-t-elle pu penser qu'un vêtement puisse être seyant sur elle? Elle a honte. En plus, comme elle ne porte pas de sous-vêtement, selon le vœu de Keith, son entrecuisse est tout moite de sueur. Elle craint de sentir mauvais.

Depuis qu'elle est petite, elle a toujours eu peur de sentir mauvais. Quelqu'un lui a dit un jour, un garçon dans la cour de récréation sans doute, qu'elle puait le suif. D'autres se sont joints à celui-là, et des filles aussi, pour former un chœur malveillant, et ils l'ont harcelée tout le reste de l'année, et les suivantes aussi. Ils se bouchaient le nez quand elle croisait leur regard. Ils chuchotaient: «Pouf... Ça sent le cochon...» quand ils se trouvaient à portée de son oreille. Bien sûr, elle se lavait tous les jours, elle savait bien qu'elle était propre et qu'elle ne pouvait pas vraiment puer. Mais ça, c'était du rationnel. On ne peut pas toujours tout rationaliser. Aussi a-t-elle développé une espèce de complexe par rapport à ses effluves personnels. En fait, elle est toujours inébranlablement persuadée qu'elle pue. Alors là, avec cette sueur entre les cuisses. C'est sûr. Elle sent le rance.

Elle en est à se dire qu'elle a suffisamment attendu et qu'il lui faudra encore un bain très chaud pour se débarbouiller de ces nouveaux lambeaux d'espérance qui lui pendouillent autour du cœur, lorsque la porte s'ouvre.

Le souffle coupé, elle n'ose pas – ou ne peut pas – proférer un son. Des semelles de chaussures de travail couinent et la porte se referme. Tout est noir, hormis les rectangles lumineux par terre, avec cette ménagerie étrange formée par les ombres des appareils. Elle entend sa respiration légèrement haletante. Il s'est sans doute pressé pour ne pas être surpris. Elle sent presque sa chaleur. Immobile, elle attend qu'il s'approche. Elle ne saurait que faire d'autre.

Une fois tout près, il lui dit, d'une voix qu'elle juge un peu dure :

— Dis rien. Lève-toi.

Elle obéit. Il fourre ses mains sous la robe et poursuit sur le même ton :

— C'est bien. T'as fait ce que je t'ai demandé. Tourne-toi pis mets tes mains sur le banc.

Interdite, elle ne sait qu'obtempérer. Il relève le bas de sa robe d'une main et elle entend un cliquetis qui révèle que, de l'autre, il détache sa ceinture.

Puis elle sent des doigts se promener rudement sur son sexe, l'investir, le fouiller. Elle commence à ne pas aimer cette rencontre. Mais elle n'ose pas l'interrompre. Elle n'est plus une enfant après tout. Elle est une femme de vingt-sept ans. S'il fallait qu'il sache… s'il fallait qu'il devine… Il se moquerait d'elle, sans aucun doute. Elle le laisse donc faire comme il veut, en maîtrisant son tressaillement au moment où il écarte brusquement ses cuisses pour s'enfoncer en elle d'un grand coup qui lui fait très mal. Il la besogne brutalement en lui claquant les fesses durant quelques minutes au bout desquelles il jouit en grognant. Il se retire, remonte son pantalon et s'en va sans dire un mot.

Incrédule, Angélique se redresse péniblement. Elle a les bras tout engourdis, et son sexe endolori chauffe désagréablement. Elle tremble de tout son corps. Gauchement, elle rajuste sa robe avant de se rasseoir sur le banc, frissonnante.

Qu'est-ce qui s'est passé, là? C'est normal, ce qui vient de se passer? Ça peut vraiment se passer comme ça? La tête lui bourdonne. Un bain. Il lui faut un bain chaud. Très, très chaud, le bain.

Elle remonte chercher son manteau et ses bottes, en profite pour s'assurer que tout va bien dans les chambres. Au moment de sortir, son regard croise celui du vieux Joseph, qui fume une cigarette dehors, assis dans la balançoire en plein hiver. Il doit bien faire autour de moins vingt degrés, mais le bonhomme ne paraît pas avoir froid, même s'il n'a pas pris la peine de mettre un manteau. L'homme de ménage lui envoie un grand sourire d'enfant d'où s'échappent les volutes d'une fumée opacifiée par le froid. Elle serre les pans de son manteau et lui rend un pauvre rictus en guise de sourire.

Puis l'autobus arrive. Il faut courir pour l'attraper. Durant tout le trajet, elle demeure hébétée, le front appuyé contre la vitre glacée.

Et ce ne serait qu'une fois chez elle, le corps englouti le plus possible dans l'eau presque bouillante de sa baignoire trop petite, qu'elle oserait pleurer.

14

Vous êtes la réalité. Pas moi.

Vous marchez dans un monde qui a ses lois. Le mien a les siennes que vous ne saisissez pas, pas plus que je ne saisis les vôtres.

Ce que vous trouvez beau, ce qui vous paraît harmonieux, à moi est un langage qui traduit l'univers.

Tout est à sa place et ne devrait pas être dérangé. Vous dérangez l'ordre. Vous déplacez les choses. Vous ne savez pas calculer correctement.

Ce n'est pas facile, pas facile de traverser votre monde. Et pourtant je dois le faire tous les jours. Tous les jours.

Je suis le Gardien. L'élu. C'est pour ça. Je n'ai pas le choix.

15

Une partie de Scrabble est en cours avec madame Côté. Une partie interminable, à raison d'un tour par jour, puisque Angélique n'a pas plus de temps que cela. C'est comme ça depuis près de dix-huit mois. Lorsqu'une partie se termine, elles en commencent une autre, tout simplement. Elles comptent les points, bien sûr, mais plutôt pour la forme. Juste pour voir, par exemple, combien vaut ce «preniez» avec ses sept lettres, son «p» à trois points et son «z» à dix qui tombe sur «lettre compte double». Sinon cela n'a aucune importance. Elles jouent pour le plaisir. Angélique n'a jamais osé appeler madame Côté par son prénom, Jocelyne, depuis deux ans que la vieille est arrivée. Pourtant elles sont devenues copines. À force de chercher des mots ensemble, elles ont fini par se donner tacitement le droit d'ouvrir le dictionnaire en toute circonstance, faisant fi des règles du jeu qui stipulent qu'on ne doit consulter l'ouvrage de référence qu'en cas de contestation, une fois le mot complété. Elles en sont venues à tout savoir l'une de l'autre, au fil de ces parties enchaînées. Et puis, dans le fond, elles n'éprouvent ni l'une, ni l'autre, aucun besoin de s'appeler par leurs prénoms.

Madame Côté passe la journée dans un fauteuil gériatrique, bien sanglée, une tablette fixée devant elle. Selon la patronne, il ne s'agit pas de mesures de contention, mais uniquement d'assurer la sécurité de la cliente. Lorsque Angélique arrive, elle aide la résidente à utiliser la bassine, la lave, la fait se lever, passer une chemise de nuit propre ainsi que sa robe de chambre, puis elle l'installe dans son fauteuil. La vieille ne marche plus toute seule, ou alors avec l'aide d'un déambulateur à roulettes. Mais, comme elle risque de tomber et qu'on n'est pas toujours là pour la surveiller, on préfère qu'elle demeure ainsi.

Les deux femmes conservent la planche de jeu cachée dans le grand tiroir de la commode identique à celles de toutes les autres chambres. Un siège en cuirette au confort discutable, un petit lavabo et le lit ajustable complètent l'ameublement des chambres. Angélique installe le plateau de jeu sur la tablette du fauteuil roulant avec le chevalet de son adversaire et, tandis qu'elle change les draps, madame Côté joue son tour. Ensuite, durant la journée, Angélique revient voir si tout va bien et elle en profite pour jouer son tour. Elles ont un plaisir fou à trouver des mots inusités, peu communs, usant des lettres rares et chères autant qu'elles le peuvent. Angélique a fait imprimer une feuille avec une liste très exhaustive des petits mots à lettres chères permettant de se débarrasser facilement des «w», «y» et autres lettres chères. Leurs rencontres, deux fois par jour, constituent pour chacune une espèce de petite bulle de joie. Madame Côté est la seule résidente, sur les quatorze, avec qui Angélique a développé une relation. Les autres, elle leur donne des soins, prend le temps de serrer chacun dans ses bras au moins une fois par jour, mais c'est tout.

Madame Côté aussi, elle la prend dans ses bras. Elle appelle Angélique «ma belle fille», ne parvenant jamais à se rappeler son nom. Cependant, chaque matin, quand elle voit arriver la jeune femme, ses yeux brillent du fond de son lit, elle tend les bras et sourit aux anges.

16

Hier matin, le numéro 14 n'a pas réagi quand elle est entrée en chantant *Plaisir d'amour*. D'habitude, il éructe, à travers ses lèvres ramollies par l'absence de prothèse dentaire, un grognement qu'Angélique interprète comme une salutation joyeuse. En général, en chantant juste pour lui sa vieille chanson préférée (en tout cas, c'est celle-là qui le fait réagir), elle lui prodigue les soins quotidiens, lui fait sa toilette, tout ça. Chaque fois qu'elle lave son pénis, il a une petite érection timide et il tend sa vieille main toute tremblante pour la poser sur la fesse de la jeune femme qu'il tapote doucement, en laissant échapper un soupir de bienheureux. Cela n'a jamais été plus loin. Pourquoi l'aurait-elle empêché de faire cela? Il est si confus, le pauvre homme. Si... pur. Oui, pur. Comme un petit nourrisson pour qui la notion de bien et de mal n'est encore rien.

Et hier matin, pas de réaction. Il était mort. Cela se produit assez régulièrement pour qu'elle ne réagisse pas trop fort. Des gens arrivent, elle prend soin d'eux comme une mère et puis ils meurent. Parfois ils meurent très peu de temps après leur arrivée. Peut-être jugent-ils préférable de ne pas continuer, si c'est pour vivre dans un endroit pareil. Le résident de la chambre 14 était là depuis quelques mois… Trois ou quatre, pas plus. Comme la plupart des autres, il n'avait pas de visiteurs, et Angélique lui aura donné les seules marques d'affection qu'il ait reçues dans les derniers mois de sa vie. Avant d'arriver ici, où était-il ? Avait-il quelqu'un, une femme, peut-être ? Une épouse partie, une épouse chérie qu'il aurait serrée dans ses bras chaque soir depuis cinquante ans ? Était-il seul depuis trop d'années pour se souvenir de la douceur d'un baiser ? Comment savoir ? En tout cas, ici, il a eu un peu de chaleur, et c'est elle, Angélique, qui la lui a offerte, de tout son cœur. Et puis il est mort, tout tranquille dans la chambre blanche parfumée à la pisse. Elle s'est contentée de caresser un instant le front chauve, strié de veinules, puis elle a sonné pour appeler Keith.

Keith, qui lui bat froid depuis la dernière fois dans la salle de gym. Elle n'ose même pas le regarder dans les yeux. Elle a honte de s'être laissé prendre comme ça, comme une chienne, d'avoir laissé cela arriver. Elle se trouve idiote. Elle voudrait qu'il n'ait jamais existé, ce grand gars dégingandé, avec son visage mobile et son assurance désinvolte. Mais il est là. Et il faut bien qu'ils travaillent ensemble. Alors elle a sonné et l'a attendu en vidant les tiroirs du numéro 14, qui n'a aucune famille susceptible de venir en réclamer le pauvre contenu.

Il entre tandis qu'elle tourne le dos à la porte. Elle n'ose pas regarder vers lui et continue de ranger les choses dans un sac, pliée vers l'avant, la tête presque enfouie dans le sac – elle voudrait y disparaître, dans ce sac –, en réprimant le tremblement sournois qui s'empare de tout son corps. Elle sent la présence de Keith dans chaque cellule de son être. Elle l'entend qui prépare le mort pour la visite du médecin. Il prend des signes vitaux inexistants, remplit la fiche de constat de décès que le docteur n'aura qu'à signer. Il marche autour du lit, ses semelles couinent sur les lattes du parquet. Puis il marque un temps d'arrêt – silence subit – et les semelles couinent dans sa direction à elle. Elle a cessé de bouger et se tient immobile comme un oiseau qui sait que le chat l'a vu et qu'il n'a plus aucune chance de s'échapper. Il vient se coller à elle, par derrière, frotte son bassin contre ses fesses et tire ses épaules pour qu'elle se redresse. Puis il l'enlace en enfouissant son visage dans ses cheveux. Ses cheveux qu'elle n'a plus attachés depuis le soir de la Saint-Valentin.

— Tu me parles plus? souffle-t-il dans son oreille, provoquant un frisson.

Stupéfaite, elle ne sait que répondre. Il enchaîne.

— Tu m'évites. Tu le sais bien qu'au travail, c'est pas la place pour les mamours. Mais on peut se parler pareil, non ?

Il ramène ses paumes de la taille d'Angélique jusqu'à ses seins, qu'il presse très fort. Elle ne parle toujours pas, concentrée sur sa propre respiration. Elle a peur d'étouffer, carrément.

— Moi, en tout cas, j'arrête pas de penser à l'autre fois. C'était bon, non ? Toi ? Tu y penses ?

Cette fois, elle déglutit avant d'articuler :

— Ou.. Oui.

Ce n'est même pas vrai. Ça n'a pas été bon du tout. Elle a eu mal et elle s'est sentie humiliée. Mais, bêtement, elle a envie d'être à nouveau avec lui. Jamais elle n'a eu d'homme avant. Aucun n'a jamais manifesté le moindre intérêt pour elle. Lui, il la désire, même si… oui, même si elle est moche. C'est pour cela qu'elle préfère lui faire croire qu'elle a apprécié la dernière séance de la salle de gym. Et puis, la fois d'avant, elle a quand même éprouvé du plaisir.

— Aimerais-tu ça qu'on recommence ?

La main de Keith se retrouve tout à coup sur la gorge d'Angélique et il la serre légèrement.

— T'es ma grosse belle à moi, tu sais ça ? Tu sais ça ?

Il bande dur, elle le sent qui se presse sur ses fesses. En continuant de serrer doucement son cou, il a placé son autre main au bas du ventre de la jeune femme, de manière à empoigner le mont de Vénus. Elle ne peut réprimer un violent tressaillement.

— Ah, ah, ricane-t-il. T'aimes ça. T'es ma grosse cochonne à moi. Je vais te donner une adresse, une date, une heure. Si tu penses que ça peut continuer nous deux, tu viendras. Si tu viens pas, je vais comprendre que ça valait pas la peine que je m'intéresse à toi.

Il la lâche alors tout d'un coup et s'en va, après avoir ramassé le dossier du mort au pied du lit, la laissant pantoise, le souffle court, le sexe en feu, à la fois honteuse - encore - et réjouie.

17

Je ne suis pas réel.

Les gens me voient, m'entendent, me touchent parfois – je déteste ça –, ils pensent que j'existe. Ils sont vraiment sûrs que j'existe. Mais ils se trompent. Je n'existe pas. Je suis un personnage.

C'est l'univers qui m'a créé. Je viens d'un monde à l'intérieur de l'univers. C'est tout à fait comme un véritable monde, avec les arbres, les maisons, les voitures et tout. Les sons et la lumière aussi. Et tous les individus qui traversent la trame de mon histoire. Eux, ils croient que tout cela est vrai, qu'ils ont une vraie vie avec une vraie histoire, mais tout est en réalité inventé à mesure par l'univers, qui sait ce qu'il fait. Il a l'habitude, il y a tant de mondes en lui.

Moi, je sais tout ça, mais je fais comme si. Il faut donner le change. Si les gens savaient, ils paniqueraient, et rien n'aurait plus de sens. Ce serait le chaos.

Il n'arrête pas de penser, l'univers. Toutes ses pensées me parviennent, et il est ingénieux aussi parce qu'il utilise plein de moyens différents pour se faire comprendre. Moi, j'entends tous les mondes qu'il porte en lui. Pour moi, il prend des chemins particuliers. La forme d'un arbre. Le visage sur une affiche électorale. Les écritures sur les panneaux lumineux, dans le métro. Le haut-parleur de la gare. Les passants.

Quand il veut me transmettre un message important, cependant, il passe par des canaux privilégiés. Il y en a quatre, ainsi que le veut l'ordre du monde. Il y a l'ensemble de ce que j'ai mentionné tantôt pour commencer, mais ça c'est le reste. Trois moyens sont plus importants. C'est normal. Trois. La perfection. D'abord, il y a Cassandre. Elle a quatorze ans. Un plus quatre, cinq. Elle est l'équilibre de l'univers. C'est une vieille chatte tigrée avec des yeux plus très bons pour voir les souris, mais qui voient quand même bien assez quand il s'agit de lire mes pensées. Rien ne lui échappe. Et elle ne ment jamais. Ensuite, il y a la musique. Dans ma tête, il y a toutes les musiques de l'univers. Pour s'adresser à moi, l'univers a choisi celle de monsieur Jean-Sébastien, Jean-Sébastien Bach. C'est parce qu'il a bien reproduit la perfection du monde, il a compris ce que c'était, ce qu'il fallait faire. Il y en a d'autres qui me parlent, mais c'est surtout monsieur Jean-Sébastien. Je l'ai presque toujours dans mon baladeur. Puis, l'autre moyen est la lumière. C'est surtout quand il n'est pas satisfait que l'univers prend ce moyen pour m'atteindre. La lumière, c'est comme un cri, un cri strident qui déchirerait toute ma peau en lambeaux. C'est vrai que des fois elle est belle et douce, la lumière, et elle chante. Mais ça, c'est plus rare.

Quand je vais à l'hôpital, l'univers perd le fil de mes pensées. Ou il pense à autre chose. Je ne sais pas. En tout cas, dans ces moments-là, je ne l'entends plus, et je n'entends plus les autres mondes. Je crois que c'est à cause des piqûres. Ils me font des piqûres et ils me donnent aussi des pilules et ils me soignent avec du Jell-O.

Sans Ringo, c'est plus difficile de ne pas oublier de faire ce que les gens attendent que je fasse. L'univers ne s'est jamais occupé de ces choses-là. Ringo était là pour ça. Mais il s'est effacé. Petit à petit, il est rentré dans sa tête, loin loin. Au début il oubliait juste des choses. Il achetait du lait deux fois dans la même journée. Il perdait ses clefs. Il rangeait son pyjama dans le congélateur. Pas normal, pas normal, que je me disais. Ringo, il a toujours été parfaitement exact. La vie c'était comme une mesure de drum, pas un temps en trop, pas un silence en moins.

Mais je ne voulais pas lui dire « va à l'hôpital », ils allaient le garder, je le savais. C'est la police qui l'a emmené. On l'a trouvé en plein mois de février, au milieu de la nuit, en caleçon, à deux rues de chez nous, complètement perdu. Il demandait aux rares passants s'ils avaient vu June. Il vit au Manoir des Érables, maintenant. Il a le corps dans ce monde-ci et la tête dans un autre. Je vais le voir tous les vendredis après-midi à 15 h 30.

Je crois qu'il cherche June dans sa tête.

Un tout petit garçon, à peine en âge de passer les portes sans être porté par un adulte, avec une vieille femme, dans une forêt qui est en train de ne plus en être une. Ils cherchent du foin d'odeur autour du marais à demi asséché.

Et puis tout à coup ils voient la chose. La vieille ne cherche pas à empêcher l'enfant de regarder. Ils s'approchent tranquillement, calmes tous les deux. Au regard interrogateur du petit, la femme répond, simplement.

— L'orignal a voulu manger après une branche. Il a passé sa tête entre les deux troncs pour l'attraper. Il est resté pris puis il est mort comme ça. Ses os sont tout nus parce que des animaux en ont profité pour le manger. C'est comme ça que c'est arrivé.

18

Une ruelle sale. Des cartons par terre. Des sacs à poubelle qui débordent d'un container. Débris de bouteilles de bière. Odeur de pisse de chat. Même dans le froid, ça sent la pisse de chat. L'odeur s'enfonce dans votre gorge et vous force à respirer par la bouche, à chercher quelque chose comme de l'air.

— *Qu'est-ce que je fais là ?*

— *Tu es venue au foutu rendez-vous que t'a donné Keith. Voilà ce que tu fais là.*

Frissonnante et nue sous sa jupe, elle peine dans la sloche à la recherche de l'adresse. L'humidité de ce –1 de février la pénètre jusqu'au fond du ventre.

Il lui a donné l'heure et le numéro de la porte, et le nom de la ruelle. Il lui a mordu l'oreille en lui disant de ne pas être en retard, et qu'une surprise l'attendrait là. Et qu'il avait hâte de croquer son cul. Son beau gros cul, qu'il a dit.

Elle baigne dans un étrange sentiment d'exaltation mêlé de crainte. Une surprise, a dit Keith… Confusément, elle devine qu'il ne sera pas seul. Ça l'excite quand même un peu. Une partouze ? Elle a cru lire, dans l'œil de son amant – son amant… –, quelque chose comme ça. Elle, la grosse, elle n'aurait jamais cru qu'on l'invite un jour à une partouze. Bien sûr, elle appréhende un peu, mais en même temps la perspective d'être caressée par plus d'un homme à la fois la titille pas mal. Peut-être sera-ce une femme, cet autre ?

Elle ricane doucement, en cherchant son souffle. Ouais. On ne s'attend pas à ce qu'une grosse ait des désirs. Des fantasmes. Une grosse, ça n'a pas de corps. Pas de seins, pas de sexe, pas de bras, pas de lèvres. Juste un estomac. Et un gros tube digestif blanc et gélatineux.

Voilà. Elle y est. Elle va monter cet escalier bancal, entrer dans cet appentis poussiéreux. On entend de la musique en sourdine. Une voix d'homme, rauque, caverneuse, qui dit « And all over the world strangers talk only about the weather… ». Tom Waits. L'espace d'un instant, elle regrette que Tom Waits assiste à cette pitoyable mise en scène. Elle n'est pas très au fait de ces choses, mais elle sait que c'est un poète, celui-là. Un poète. Rien de poétique dans ce qu'elle est en train de vivre. Mais non. Tom Waits ne saura jamais qu'il a servi de trame sonore à un lamentable simulacre de rendez-vous amoureux. « It's nothing, it's nothing… » chante Tom Waits.

Elle hésite un instant après avoir posé le pied gauche sur la première marche. Elle peut encore rebrousser chemin. Elle se secoue. Pourquoi partir ? Pourquoi se priver d'une expérience ? La vie est courte. Les occasions – en tout cas pour une fille comme elle –, rares. Elle respire un grand coup, puis amène son pied droit sur la seconde marche.

19

Dès qu'elle a aperçu ce garçon, menant tendrement son grand-père par le bras, elle a vu qu'il était différent. D'abord, elle n'avait jamais vu ça, quelqu'un de beau à ce point. Pas une beauté classique, pas un de ces garçons bronzés aux muscles finement découpés, non. Pas comme Keith non plus, il n'a pas cette assurance-là. Ce qu'elle a senti à ce moment, c'était autre chose. Ce qu'il dégageait. Ce qu'il *sentait*. Il ne s'agissait pas à proprement parler d'une odeur, mais elle aurait pu jurer qu'il embaumait la beauté. Elle émanait de lui comme une aura, elle transpirait de sa peau, de ses gestes, de ses cheveux, de ses yeux.

Angélique se trouvait dans le corridor, poussant son chariot de linge. Elle a d'abord vu la directrice, qui marchait de son pas décidé, le visage aimablement tourné vers ceux qui la suivaient, une main manucurée les invitant à lui emboîter le pas. Le vieillard a franchi la porte du bureau, hésitant, immédiatement suivi par un jeune homme aux longs cheveux noirs. Il ne quittait pas des yeux le vieux monsieur, qu'il tenait délicatement par le coude, le couvant d'un regard qu'on eût pu reconnaître dans le visage d'une mère. Plutôt délicat, mais bien proportionné, vêtu simplement d'un jean et d'un t-shirt surmonté d'une chemise, il arborait une barbe de quelques jours. Derrière ses lunettes, deux yeux noirs brillaient de l'éclat de l'ébriété. Mais il n'était pas saoul. Elle a su, d'instinct, qu'il vivait dans un état d'ivresse naturelle et permanente. Qu'il était toujours ivre. Et que ce ne devait pas être facile tous les jours.

Elle les a suivis des yeux, figée sur place malgré sa patronne qui lui intimait du menton de ne pas rester là, de dégager le passage. Quand le groupe a dépassé le chariot et sa conductrice, il y a eu comme une dilatation du temps. Tout a ralenti, le décor s'est fondu. Le jeune homme s'est tourné légèrement vers elle et lui a souri. Très peu, juste des yeux. Elle a senti ses joues se réchauffer brusquement, comme en plein hiver lorsqu'on rentre de jouer dehors dans une cuisine chauffée au bois. Le vieil homme a appelé le nom du garçon d'une voix inquiète, et celui-ci a accéléré le pas pour le rejoindre. Jude. Il s'appelle Jude.

Puis le temps a repris sa course, le groupe s'est éloigné vers la chambre 14, et elle est revenue à la réalité. Lorsqu'elle a remis en mouvement le chariot, elle a croisé le regard de Joseph. Il était là, soudain, comme une apparition. Il la considérait d'un œil bienveillant, le coude appuyé sur son balai-brosse, hochant lentement la tête.

20

Le bus cahote vers le Manoir. Les yeux fermés, Angélique pense à ce beau garçon et à son grand-père. Il doit avoir vingt, vingt-cinq ans. Elle revoit ce regard et se dit qu'il y a dedans tant de douceur… Elle s'y serait laissée couler, longtemps, profondément. Douceur, mélancolie, et… lumière. Quelque chose comme la beauté. C'est de toute façon ce qu'elle a ressenti en le croisant. Qu'il porte la beauté en lui.

Elle ouvre les yeux. Le front sur la vitre froide, elle regarde défiler le paysage morne du boulevard bétonné, bordé de HLM et de poteaux électriques. Les quelques arbres qui survivent dans la poussière et la crasse portent des lambeaux de sacs de plastique. La beauté…

Qu'est-ce que c'est, exactement, la beauté ? Sa mère a été si belle. Elle, Angélique, n'a hérité que des yeux d'ambre qui ont orné tant de pages de magazines. Pour le reste, la génétique de la famille paternelle lui a dessiné une silhouette dont il lui arrive souvent de songer qu'elle n'est pas la sienne.

Qu'elle a atterri dans la mauvaise enveloppe. Quand elle se rêve amoureuse, Angélique se voit légère et déliée, les attaches fines, radieuse dans la lumière.

Ses yeux se referment dans une grimace douloureuse.

Légère et déliée, non, elle ne l'a certainement pas été hier soir. Mon Dieu. Elle ne veut même pas se souvenir de cette soirée où elle a sottement accepté de venir, imaginant… Imaginant quoi ? Que Keith lui donnerait de l'amour ? De la tendresse ? Qu'elle se sentirait belle et femme, enfin, dans les bras d'un homme ? Qu'elle aurait du plaisir à donner et à recevoir, et à s'abandonner au désir ? Elle ricane. Elle a été servie, oui.

Comme elle l'avait deviné, il n'était pas seul. Il y avait un autre homme avec lui. Ils lui ont servi un whisky qu'elle a accepté, espérant que l'alcool la départirait d'un peu de sa nervosité. Ils avaient dû mettre quelque chose dans le verre. Elle avait déjà la tête toute cotonneuse quand ils ont commencé à la caresser sur ses vêtements. Le dernier souvenir qu'elle a de la soirée, c'est la voix de l'homme, l'autre, qui s'exclame en tirant sur sa jupe :

— Crisse ! 'A donc ben du poil !

Elle s'est éveillée au matin, frigorifiée, nue sur le canapé, à peine couverte par un jeté. Son corps endolori exhalait des remugles rances, son entrejambe poisseux pulsait, comme si on l'avait malmené violemment. Et c'est probablement ce qui s'est passé, mais elle n'en a aucune mémoire. Elle s'est rhabillée maladroitement et, sans même vérifier s'il y avait encore quelqu'un dans l'appartement, elle s'est enfuie.

De retour chez elle, elle s'est fait couler un bain très chaud où elle a pleuré, encore une fois, en épongeant les chemins de morsures bleues qui lui parcouraient les seins.

Être avalé par la folie. La sienne. Celle de l'autre. Celle du monde dans lequel on existe. Être aspiré. Disparaître.

Vivre.

21

La folie, c'est comme un grand trou noir de l'âme qui aspire tout.

De l'extérieur on a l'air normal, tout semble à sa place. Lisse. Calme. Silencieux. Mais en dedans, ça grouille. Oh oui, ça grouille. Tu le sais, toi, ma Cassandre. Mais les bonnes gens l'ignorent. Les bonnes gens que l'on croise dans la rue dans le bus au centre d'achats à la bibliothèque municipale, ces gens-là ne le savent pas. Ils nous voient lisses et calmes et silencieux et ils pensent que nous sommes comme eux. Mais ce sont les médicaments qui font ça. Les médicaments nous rendent lisses et calmes et silencieux.

De toute façon, c'est mieux comme ça pour les bonnes gens. Parce que les bonnes gens ne doivent pas être exposés à la folie. Ils n'aiment vraiment pas ça. La folie, ça les rend nerveux. Ça leur fait peur. Peut-être qu'ils se voient dedans. Peut-être que c'est pour ça qu'ils ont peur.

Je parle d'un grand trou noir et je dis ça grouille. Contradiction. Mais je suis fou. Alors c'est normal que je me contredise. On serait même étonné du contraire. C'est la logique des fous.

On ne sait pas à quel point la logique des fous est implacable.

Dans l'ancien temps, il y avait la fête des fous. C'était juste une journée par année, mais au moins ils en avaient une.

Aujourd'hui, c'est pas la fête tous les jours pour les fous.

22

Vous êtes cette femme dans le bus, avec vos traits fatigués, votre manteau démodé, vos bottes usées, votre accoutrement soigné mais ridicule quand même. On ne vous voit même pas. On vous bouscule, on passe sans vergogne devant vous dans les files d'attente, on s'énerve quand vous discutez avec la caissière au guichet de la banque. On considère que les gens comme vous ont moins de dignité que les autres. Vous savez bien ce que c'est.

Dans l'autobus, on ne s'assoit à vos côtés que s'il n'y a plus aucune place libre. Même chose au cinéma. Dans les lieux publics, il arrive que des petits enfants s'exclament, en vous voyant: «Regarde, maman, la grosse madame! C'est parce qu'elle mange trop de chips, hein, maman!» Vous n'en mangez pas, de chips. Vous êtes juste comme ça. Grosse.

La fin de semaine, des fois, vous louez des films d'amour. Le garçon et la fille sont toujours superbes et, quand on les voit faire l'amour, leurs corps parfaits et leurs visages sans défaut ne sont jamais rendus ridicules par des grimaces ou des positions grotesques. Vous vous imaginez dans une histoire comme ça, élancée, déliée, élégante et désinvolte, vous marchez d'un pas léger dans Central Park, vous apercevez au loin cet homme mince, il ressemble peut-être à Jude, et vous vous mettez à courir l'un vers l'autre en riant, et vous sautez dans ses bras, et il vous fait tournoyer, et vos longues jambes enserrent sa taille, et vous riez, vous riez, vous riez…

Dans l'autobus, juste devant vous, un couple s'embrasse avec une très jolie tendresse. Sur la banquette voisine, deux adolescentes minces, cheveux lissés au fer, bras et ventres nus, ricanent en les regardant. Puis, à un moment particulièrement intense du baiser, on entend très nettement l'une des jeunes filles dire à l'autre :

— Eurk, ils mettent la langue en plus !

— Le monde de même, ils devraient pas avoir le droit de faire ça en public, renchérit la deuxième.

— Sont dégueulasses.

Bien sûr. Des gens comme eux ne devraient jamais manifester de la tendresse devant le monde. Ils ne devraient même pas avoir le droit de s'aimer, d'avoir envie l'un de l'autre, de passer aux actes. C'est inconcevable que deux êtres comme ceux-là, dénués de toute espèce de grâce ou d'élégance, puissent faire l'amour.

Vous avez de la peine pour eux, et en même temps vous ne pouvez vous empêcher de trouver leur baiser légèrement écœurant, contaminée vous aussi par la considération selon laquelle des êtres aussi désavantagés par la nature rendent les gestes de l'amour grotesques et obscènes. Ils sont obèses tous les deux. Comme vous.

23

Les temps sont durs, Cassandre, les temps sont durs. Toi, tu sais ce que je veux dire. Les autres ils ne comprennent pas, ils ne voient pas, ils n'entendent rien. Nous autres, on entend, Cassandre. Nous autres, on entend tout.

C'est drôle. Même aveugle, tu me suis des yeux. Le moindre geste. Mes doigts qui bougent dans l'air, ils ne font pas de bruit, pourtant tu tournes ta belle tête de déesse égyptienne vers eux quand je les remue. Tes oreilles frémissent, ton nez frissonne. Tu sens. Tu sens la vibration de mes mouvements dans la lumière. Toi aussi alors, tu entends l'âme du monde. Monsieur Jean-Sébastien, il l'entendait aussi. Il n'y a pas beaucoup de personnes qui peuvent le faire. En tout cas, quand Dieu t'aime, c'est mieux pour entendre l'âme du monde. Ça aide. Monsieur Jean-Sébastien, lui, c'est sûr que Dieu l'aimait : il était maître de chapelle. C'est pour ça que sa musique ressemble à des vitraux d'église, avec toutes les couleurs de la lumière dedans.

À quel âge est-on assez vieux pour trouver sa mère morte dans la salle de bains, ciseaux de coiffeuse à la main ? À quel âge peut-on ouvrir la porte de la salle de bains et découvrir qu'à partir de maintenant le rouge ne sera plus jamais que la couleur du sang de sa mère imbibant le tapis de chenille ?

Quand est-on assez grand pour absorber cette vision-là et n'avoir pas peur désormais des baignoires, des lavabos, des néons et des tapis de chenille ?

24

Il a posé son pinceau parce que la musique s'est arrêtée. Il a soigneusement essuyé ses doigts sur un chiffon blanc, ôté les écouteurs de ses oreilles et sorti le baladeur de sa poche. Ah. Plus de piles. *La Passion* est finie, interrompue. Dieu s'est tu. Il regarde par la fenêtre. Le soleil a considérablement descendu.

Trois heures de l'après-midi, disent les chiffres rouges du réveil. L'heure de partir visiter Ringo. Il bouche les tubes et met les pinceaux dans le pot de térébenthine. Sans jeter un regard à ce qu'il a accompli dans la journée, il sort de la pièce et ferme la porte.

Le reste de l'appartement est plongé dans la pénombre. Il l'est pratiquement tout le temps, en fait. Seule la chambre du fond - celle de Jude - bénéficie de la lumière du jour, grâce aux deux fenêtres sur les murs nord et ouest. Le reste de ce logement tout en longueur, comme il y en a tant dans ce quartier, comporte deux autres fenêtres, l'une dans la chambre de Ringo et l'autre dans le salon-cuisine, mais elles regardent au nord ; celle de la salle de bains, minuscule, donne sur la ruelle, à l'est. Le corridor étroit, crevé de quatre ouvertures latérales, étend sa noirceur permanente entre la porte d'entrée et le mur du fond où s'appuie une étagère chargée de livres, de vieux magazines et de souvenirs hétéroclites.

Il rouvre la porte de sa chambre, allume la lumière, vérifie que rien n'a changé de place, éteint. Rallume, vérifie encore, éteint. Rallume, vérifie, éteint. Puis il referme la porte. Il répète le manège à la porte suivante, qui donne sur la chambre de Ringo, puis encore à l'entrée du salon-cuisine, et enfin dans la salle de bains. Il enfile sa botte gauche, la droite, puis la veste, la tuque, s'assure que ses mitaines sont dans ses poches avec ses clefs. Puis il enlève tout et il recommence. Deux fois. Passé le seuil de la porte, il éteint la lumière du corridor. Rallume, vérifie, éteint. Rallume, vérifie, éteint. Satisfait, il verrouille la serrure et gagne le perron de l'escalier en colimaçon qui donne sur la rue. Puis il revient sur ses pas, secoue la poignée afin d'être certain que le verrou est bien mis et regagne l'escalier. Revient, secoue la poignée, puis reprend le chemin de l'escalier qu'il descend cette fois jusqu'à la rue. Tout est bien. Rien n'a bougé. Il faut vérifier tout trois fois, sinon on ne peut jamais être certain que rien n'a bougé.

Il faut se méfier des choses. Les choses changent parfois de place quand on a le dos tourné. On ne doit pas les laisser faire.

25

Quand je suis au volant de la vieille van Dodge, des fois je disparais.

Pour de vrai.

26

La vieille van des Highway Riders dort comme un gros chien dans le fond de la cour. Depuis que Jude se souvient, elle a toujours été là.

Du temps que Ringo était Ringo, personne n'avait le droit de s'en approcher. Personne. Même pas Ringo lui-même.

Mais Jude, lui, il s'en approchait quand même.

Sous la poussière des vitres, on devinait quelque chose qui se tapissait à l'arrière. Quelque chose de gros, avec des creux et des bosses, et qu'on ne pouvait pas voir parce que c'était recouvert d'une grande courtepointe. La même qui avait couvert Nathalie dans son sommeil durant les tournées de Gaspé à Matagami, mais cela Jude l'ignorait.

Un jour, la curiosité a poussé Jude à sonder une portière. Clic clac. Ça ouvre.

Jude est monté dans la van qui sentait l'huile et le moisi. Il a refermé la portière et tous les sons et toutes les lumières qui criaient trop fort dans sa tête ont été étouffés. C'était la première fois que ça arrivait. Plus rien ne criait dans la tête de Jude.

Elle ne parlerait jamais de son père. À personne. Ce serait trop difficile.

Son père. Toute petite elle lui aurait voué un amour démesuré. Sans borne. Hors norme. Vous savez le genre d'amour pour lequel, comme le dit la chanson, «on eût vendu son âme pour quelques sous».

Elle aurait tout entrepris pour le rendre fier d'elle. Tout. Et chaque fois, placé devant une réalisation de sa petite fille, de son adolescente, de sa jeune femme de fille, levant le sourcil gauche il aurait pointé d'une courte phrase tueuse exactement le petit bout bancal de l'affaire.

Aurait-elle minci après des semaines de privations et de suées, et de souffle altéré?

— As-tu dessoufflé pour être rendue molle de même?

Aurait-elle obtenu un 96 % en français?

— Comment ça se fait que t'as pas eu cent?

Aurait-elle été admise dans l'équipe de basket de son école?

— Ouf! On va gager sur l'autre équipe cette année.

Aurait-elle invité un garçon à la maison (ce serait arrivé une fois)?

— Ouais, mon homme, tu la perdras pas dans foule en tout cas.

Jamais, jamais, jamais un compliment pour un compliment. Toujours, toujours, toujours le petit dénigrement sournois au détour.

Enfin, lorsque Angélique lui aurait annoncé son intention de faire son cours secondaire professionnel de préposée aux bénéficiaires, le seul commentaire de son père aurait été:

— De toute façon t'es aussi ben de faire ça tout de suite que d'essayer de devenir médecin pour rien…

C'est à ce moment-là qu'elle aurait décidé de ne plus adresser la parole à son père. De ne plus même parler de lui. Il n'existerait plus. Elle n'aurait plus jamais dans la gorge cette âcre certitude d'être invariablement inadéquate, quoi qu'elle fasse.

27

La dame dans la porte lui sourit gentiment.

— Attends un peu, dit-elle.

Angélique reste sur le palier, serrant contre elle un petit paquet de feuilles.

Elle est bonne en dessin. La maîtresse de maternelle montre toujours ses dessins aux autres maîtresses, et toutes elles font des oh et des ah. Elle aussi, elle trouve qu'elle fait des beaux dessins. Ces derniers temps, elle a concentré ses efforts sur les œufs, les coqs, les poules, les poussins, les œufs cassés avec ou sans poussin dedans. Elle fait de très reconnaissables cachalots ainsi que des brontosaures parfaitement ressemblants. Elle est aussi pas mal douée pour les cochons et les moutons. Un gros rond, un petit rond dedans, deux plus petits ronds dans le petit : un cochon ; un nuage, un grand *U* dans le nuage, un petit *y* dans le grand *U*, et deux petits *o* au-dessus du *y* : un mouton. Elle voudrait dessiner des chats, mais ceux qu'elle fait maintenant ne sont pas vraiment convaincants. Ça viendra.

Hier soir, ses parents ont parlé d'argent. Elle était là, elle entendait tout, mais ils ne s'en souciaient pas. C'est toujours comme ça. Comme si elle n'était pas là. Transparente.

Le ton était tendu. Papa songeait à hypothéquer la maison. Maman ne voulait pas.

— Il nous faut cet argent ! martelait-il.

— J'ai juste à travailler, disait-elle. Je peux encore avoir des bons contrats.

— Pas question. Je peux quand même faire vivre ma famille.

Maman a soupiré.

— Bon. On va trouver une solution.

Angélique ne sait pas comment l'idée est venue dans sa tête, mais la voici devant chez madame Thibault, ses dessins contre son cœur. Elle en a vendu trois déjà, dans trois maisons différentes. Elle a plein de sous dans sa poche. Madame Thibault va lui donner dix cents pour le dinosaure bleu. Si toutes les dames du quartier lui achètent ses dessins, elle aura certainement un joli montant, avec autant de sous blancs que de sous noirs. Papa sera content.

28

Ringo regarde par la fenêtre. La petite fugue est posée sur ses genoux, éclatante de jaune, de rouge, de bleu. Une petite fugue primaire. En *ré*, la fugue, alors la dominante est jaune.

Jude ne regarde pas Ringo, lui. D'habitude, les visites se passent de la même manière. Jude remet à Ringo sa fugue. Les yeux de Ringo glissent sur la toile puis retournent se fixer sur la fenêtre et Jude s'assoit derrière lui, sur le lit, et regarde son grand-père. Ils ne parlent pas.

Ils ne parlent plus.

Parfois Ringo laisse échapper le nom de June. Il la cherche dans sa tête. June a disparu depuis si longtemps. Et Ringo la cherche encore.

Ils se tiennent comme ça, silencieux, jusqu'à ce que la préposée vienne les avertir que le temps des visites est fini. Jude pose alors un baiser sur la tête de Ringo qui ne bronche pas, prend son perfecto et s'en va.

Il salue toujours l'homme de ménage en passant. C'est un vieil Indien qui sent comme le bar de monsieur Rouge, quand il va l'aider à faire le ménage le matin. Monsieur Rouge – tout le monde l'appelle comme ça, Rouge –, il a une grosse barbe rousse comme un pirate, mais il ne ferait pas de mal à une mouche. C'est lui qui a offert à Jude de venir l'aider. Il le paie. Et comme ça Jude peut s'acheter des toiles, des couleurs, des pinceaux. Et de la musique. Pour la musique, il va chez le bouquiniste de la rue voisine. Il n'y a que là qu'on trouve encore des cassettes pour le vieux baladeur. Il y retourne souvent, de manière à rester à l'affût des arrivages. Il a presque toute la musique de monsieur Jean-Sébastien maintenant, en plus de toutes les cassettes de la collection Time Life qui lui vient de Nathalie.

Alors l'homme de ménage, monsieur Joseph, il sent comme le bar de monsieur Rouge. L'autre soir, ils ont parlé. Jude sortait du Manoir et monsieur Joseph fumait dehors. Jude a fumé avec lui et ils ont parlé de l'ordre de l'univers. Il écoute bien, monsieur Joseph. Il ne parle jamais pour rien non plus. Aussi Jude l'écoute attentivement quand il parle. Il sait que cet homme en connaît pas mal plus long que les gens ordinaires sur l'ordre du monde. C'est un envoyé, il en est certain.

Donc aujourd'hui, il ne regarde pas Ringo. Ringo regarde par la fenêtre et lui, il regarde par la porte. Il regarde la fille, celle qui a l'amour en elle. Elle est debout dans le couloir, ses yeux sont fixés sur quelque chose ou quelqu'un qu'il ne peut pas voir. Quelqu'un sans doute. Elle souffre. Elle a envie de dire quelque chose à la personne au bout du couloir. Tout son être est tendu vers le point que fixent ses yeux, là-bas, au bout du couloir, et que Jude ne peut pas voir.

Jude sait ce qu'elle regarde. Qui elle regarde. Elle regarde ce mauvais homme, le grand mince avec des yeux morts. Il lui fait du mal. Il la contrôle et lui fait du mal. Jude n'aime pas ça. Ça le met en colère. Il pense que cet homme-là est un monstre. Il a envie de lui faire du mal à lui aussi.

La fille s'appelle Angélique et elle a l'amour en elle. Il ne doit rien lui arriver de mauvais. Jude n'a pas encore osé lui adresser la parole, oh non, on n'adresse pas la parole aux gens en premier. Mais il sait qu'elle est douce et bonne, et qu'il l'aime et qu'elle l'aime déjà.

Bientôt, bientôt, ils vont se rencontrer. Bientôt, bientôt.

29

— Viens-t'en, Ringo. Faut qu'tu t'en r'viennes astheure. Ça sert à rien de rester. Y la trouveront pas, c'est sûr. Pense à Nathalie.

C'est Nash qui secoue son drummer, dans la chambre humide et brune d'un motel de la 132, en face d'un bras du fleuve.

Ça fait plus d'un an qu'il est là, Ringo. Les autres ont fini par partir en lui laissant tout l'argent qu'ils avaient amassé pour produire leur long-jeu. Que faire d'autre ? Il ne voulait pas quitter les lieux où ils avaient vu June pour la dernière fois, ce soir de printemps 1972. Ils l'ont donc laissé là, avec son chagrin.

Il a d'abord suivi avec acharnement le travail des policiers, les harcelant presque, puis il a passé de plus en plus de temps prostré dans son motel, une bouteille de Jack Daniel's serrée dans les bras, attendant les appels de plus en plus rares d'un beu compatissant qui lui donnait encore des nouvelles. Enfin plus personne n'a appelé, mais il est resté là. Le propriétaire du motel a fini par réussir à joindre

Nash, qui joue à présent de la basse avec un groupe qui enchaîne les reprises de tubes yéyé dans les sous-sols d'églises.

Le voici maintenant dans ce bar de stripteaseuses country de Valleyfield, qui devait constituer leur dernière étape québécoise avant de franchir la frontière et de filer jusqu'à Nashville.

Valleyfield. Cimetière de l'espoir.

Nash est revenu tout seul ici, le cœur crevé de savoir la petite Nathalie encore chez les Dubé, attendant sans doute ses parents en comptant les dodos à l'envers, comme mon oncle Blue le lui a montré. Il secoue son ami.

— Tu vas pas rester là avec ta bouteille jusqu'à la fin du monde ?

Ringo lève vers Nash son visage perdu. Il ouvre la bouche. Il veut sourire ? Parler ? Impossible de savoir. Ses lèvres découvrent des dents manifestement pas lavées depuis longtemps. Son regard erre un temps sur les traits de l'homme qui vient de l'exhumer de son sommeil éthylique. Qui est-ce ? Il le connaît, oui, bien sûr il le connaît. Où a-t-il vu cet homme ? June est-elle avec lui ?

June…

Ringo tente d'émettre un son, rien ne sort, il se racle la gorge, râle, essaie à nouveau. Puis un rictus se dessine dans ses traits fanés lorsque l'haleine de robine parvient enfin à porter les mots du bon vieux Johnny Cash aux oreilles du bassiste des Highway Riders.

Now I taught the weeping willow how to cry,

And I showed the clouds how to cover up a clear blue sky.

And the tears that I cried for that woman are gonna flood you Big River.

Then I'm gonna sit right here until I die.

30

Je suis Nathalie. Je flotte.

Il fait très noir dans mon monde. Personne ne vient me voir ici. Personne ne vient me chercher.

31

Nathalie regarde les mains de sa mère.

Les Highway Riders se trouvent quelque part dans une petite ville du nord avec un drôle de nom. La petite fille n'arrive jamais à se rappeler, mais elle a envie de rire chaque fois qu'elle y pense, parce que ça ressemble à «Le gros chameau». Ils sont aussi allés à La Tuque et mon oncle Nash lui a fait croire que la ville voisine s'appelait «Les Mitaines». Mais alors que son petit visage s'illuminait devant la merveilleuse logique de cette toponymie, mon oncle Nash est parti d'un grand rire et elle a compris qu'elle s'était fait jouer un tour. Elle ne lui en veut pas. Mon oncle Nash, il est comme ça, c'est un joueur de tours.

June se fait les ongles. Une fois par semaine, elle sort sa trousse à manucure, un cadeau de Ringo, et accomplit le rituel qui fascine sa fille. D'abord le remover. *Tu vois, Nathalie?* Elle ne parle pas, mais Nathalie l'entend dans sa tête, comme si elle lui expliquait à voix haute toutes les étapes. *Tu vois, Nathalie? On commence par le remover.*

On imbibe la petite boule de ouate et on frotte doucement chaque ongle, jusqu'à enlever toute trace de vernis. Tout comme si elle parlait pour de vrai, alors qu'elle est parfaitement absorbée par sa tâche, le visage fermé sur des pensées auxquelles personne n'a jamais vraiment accès.

Les mains de June sont parfaites. Fines, longues mais pas trop, elles sont parcourues de veinules juste assez apparentes pour souligner la carnation et la douceur de la peau soigneusement entretenue à grand renfort de crème Coty, matin et soir. Elles s'attachent aux bras par des poignets délicats, dont le droit porte une mince gourmette en or, et ses doigts effilés se terminent par des ongles limés à la perfection en forme d'amande, toujours recouverts d'un vernis rose-crème perlé.

Nathalie envie ces mains si jolies. Elle observe ses propres doigts, courts et trapus, qu'elle a hérités de Ringo. Des mains de garçon, pas des mains de fille. Comme ses pieds tout carrés, qui ne ressemblent à aucun pied qu'elle ait déjà vu.

June lime ses ongles. La petite bouteille de vernis, en forme de goutte allongée, trône au milieu de la table du motel. La lumière d'après-midi entre à peine par la fenêtre aux lourds rideaux à moitié tirés. Un plafonnier beige est allumé, diffusant une lueur chiche. Nathalie regarde la lime qui danse sur les mains de fée de sa mère et anticipe l'odeur enivrante du vernis qui va se diffuser tout à l'heure, quand la bouteille sera ouverte.

Il ne lui vient pas à l'esprit de demander qu'on lui vernisse les ongles à elle aussi. De toute façon, ça servirait à quoi ? Ses mains sont laides.

32

— Elle est où, June?

— Je le sais pas, Poussin.

— Tu le sais pas? Elle est morte, d'abord?

— Écoute. Je le sais pas. Personne le sait.

— …

— …

— Ringo?

— Hmm…

— Peut-être qu'elle est juste partie faire une commission pis elle va revenir?

— Bon, ça suffit. Arrête, Nathalie. Je veux plus que tu m'en parles. Jamais. As-tu compris?

Ringo a pris sa grosse voix. Il ne la sort pas souvent, la grosse voix. C'est sérieux. La ligne dans son front s'est creusée. Elle a compris. Elle n'en parlera plus.

La lumière ne trouve pas toujours les craques par où entrer. C'est comme les veines. Quand on vieillit, elles se racornissent et plus rien n'y passe, ou presque. On voit leur saillie bleue qui court sur les bras, comme des tunnels désaffectés.

La musique qu'on portait en soi n'existe plus qu'en ritournelle ténue, mots sans suite, airs sans mélodie que l'on fredonne pour soi, et qui ne font plus danser que la mort dans sa patience.

33

Le garçon est absorbé dans la contemplation de son grand-père. Le vieux comme d'habitude se tient devant la fenêtre, assis sur la chaise réservée à la visite. Sur ses genoux, une petite toile multicolore à laquelle il ne prête aucune attention. Il semble perdu dans quelque réflexion, son regard vide fouillant dans sa mémoire défaillante à la recherche d'on ne sait quoi.

C'est comme ça presque à chaque visite. Le jeune homme – *mon Dieu qu'il est beau, c'est pas possible, ça fait presque mal* – embrasse son grand-père, lui remet une petite toile colorée, sans doute de son cru, le vieux laisse errer un instant son regard sur les couleurs puis retourne à sa méditation dehors/dedans. Le petit-fils – *Jude, il s'appelle Jude, elle en est sûre, elle a vu son nom sur les papiers du vieux* – s'assied alors sur la chaise gériatrique et reste là, silencieux, jusqu'à la fin de l'heure de visite. Ils n'échangent aucun mot, ou presque.

— Salut, Ringo, dit toujours Jude.

Même pas de «comment ça va». Parfois le grand-père tourne un instant ses yeux vers le jeune homme, d'un air anxieux, comme s'il attendait quelque chose. Une fois, il a dit: «Nash?» en se retournant, puis lorsqu'il s'est rendu compte que c'était son petit-fils, il a affiché une moue déçue avant de repartir dans son voyage intérieur. Une autre fois, il a saisi le garçon par les épaules et l'a secoué en criant presque:

— Vous l'avez pas trouvée?! Cherchez donc comme du monde! Ça se peut pas qu'elle soit nulle part, ça se peut pas!

Cette fois-là, Jude s'est doucement dégagé de l'étreinte de son grand-père, l'a gentiment conduit vers son fauteuil et est demeuré debout à côté de lui, en silence, lui caressant la tête et les épaules jusqu'à la fin de la visite.

Angélique ne peut pas s'empêcher de s'arrêter pour les regarder. Elle a pris l'habitude de passer chaque vendredi entre quinze heures et seize heures devant cette chambre, poussant son petit chariot de médicaments, pansements, onguents, enfin son attirail de préposée aux soins.

La voici donc, devant la porte, fascinée par le portrait que forment les deux hommes, le vieux perdu dans sa tête et le jeune éperdu d'amour, impuissant. Jude. Plonger les mains dans ses cheveux. Saisir son visage et l'embrasser doucement au coin des lèvres. Respirer sa peau. Il n'y a rien d'érotique dans ce désir. Juste une grande, une incommensurable envie d'étreindre sa beauté, de s'y fondre. Tant de douleur et tant de profondeur dans ce visage, tant de sensibilité vraie. C'est lui qui peint les petits tableaux, elle l'a deviné. Ils ne représentent rien de particulier, mais ils dégagent... comme une sorte de vie, une vie vivante, ordonnée, comme un monde en soi. On dirait qu'ils chantent.

Elle ne voit pas, au bout du couloir, Joseph qui passe avec son chariot à lui et qui s'arrête un instant pour lui jeter un regard plein de chaleur. Elle ne voit pas les lèvres du concierge qui forment des mots dans une langue inconnue, une langue qu'on croit disparue. Cela ne dure qu'un instant. Il termine sa formule silencieuse et souffle en direction de la jeune femme, puis il disparaît, poursuivant son infatigable ballet ménager.

— Salut, ma grosse belle.

Elle sursaute.

C'est Keith. Keith qui lui malaxe furtivement une fesse avant de poursuivre, alors qu'elle demeure pétrifiée, à la fois de peur qu'on les surprenne et d'étonnement qu'il vienne à nouveau à elle après la cuisante dernière fois, dans la maison au fond de la ruelle. Elle sent son souffle dans son cou. Elle a peur, mais ne peut s'empêcher de se sentir subitement - bêtement - tendue de désir. Elle ferme les yeux, tente de redonner à sa respiration un rythme normal. Elle a l'impression qu'une main invisible l'agrippe à la gorge. Tout tourne.

Il l'a flairé, ce désir, c'est certain. Il se colle à elle furtivement et lui jette :

— Même place. Ce soir.

Les yeux toujours clos, elle réussit à répondre d'une voix étranglée :

— Non...

Mais elle sait qu'elle ira. Keith aussi.

34

Mon oncle Nash est revenu du Lac-Saint-Jean tout maigre, avec les cheveux longs et des gros favoris. Hier soir, il s'est chicané avec Maman qui refusait qu'il mette quelque chose dans la Dodge A100 Custom Sportsman Van 1965. Mon oncle Nash disait qu'il était poursuivi, qu'il fallait se protéger, *les* protéger. Il parlait de la loi de la guerre ou quelque chose comme ça. Puis mon oncle Blue a dit c'est vrai, en plus il y a cet autre groupe de musiciens qui s'est fait voler toute sa recette la semaine dernière, ce serait utile en cas d'attaque, ce serait trop niaiseux de perdre tout l'argent qu'on ramasse pour aller à Nashville. Il a ajouté que bien des chanteurs de cabaret se promènent avec des guns et qu'on n'était pas pires que les autres. Maman s'est fâchée très fort. Elle trouvait ça stupide, de laisser une arme à la portée d'une petite fille de quatre ans.

— Toi pis ta maudite révolution de fous. T'as vu ce que ç'a donné. On a joué pas de bassiste pendant quasiment six mois. On aurait dû dire à la police où tu te cachais, comme ça tu nous serais pas revenu avec ton crisse de gun.

June est de méchante humeur ces jours-ci. Ça lui arrive des fois, entre deux étapes.

Finalement c'est Ringo qui a tranché :

— On le mettra dans la grosse caisse quand on sera sur la route. Le reste du temps, Nash le gardera sur lui. Mais faut jamais que la petite tombe dessus. Jamais. C'est-tu clair, Nash ?

Mon oncle Nash a hoché la tête d'un petit mouvement nerveux. Il a changé. Ses bons yeux pleins d'amour chaud sont partis. Ses nouveaux yeux ont peur même quand il regarde Nathalie.

35

Ce n'est pas si lourd que ça en a l'air, un pistolet.

Je l'ai trouvé dans la grosse caisse, en dessous du vieux coussin en chenille rose. Je n'avais jamais avant ça levé la couverture qui couvrait la batterie de Ringo, à l'arrière de la vieille van. Ça ne m'intéressait pas. Moi, ce que j'aime, c'est m'asseoir au volant et disparaître. Ça marche à peu près à chaque fois. Je voyage comme ça. Des fois, je vais voir June à Valleyfield où elle travaille comme mannequin des mains. Elle a des mains vraiment belles, June, c'est maman qui me l'a dit. Je découpe dans les magazines les photos de crème avec des mains. Je ne les garde pas toutes. Seulement celles avec les mains de June. Ce sont les plus fines. Faciles, faciles à reconnaître. Elle pose pour des bijoux aussi. Ringo ne m'écoute pas quand je lui en parle. Lui, June, elle est dans sa tête. C'est là qu'il la cherche.

En tout cas, je ne sais pas pourquoi j'ai décidé de regarder la batterie de Ringo. Elle est tout usée. Les peaux des caisses sont grises à force d'avoir été frottées par les balais. Les cymbales couvertes de minuscules bosselures. Sur la grosse caisse il est écrit, en grandes lettres un peu écaillées: *Highway Riders*. Et à l'intérieur de la grosse caisse, au fond, tout raboudiné, il y a encore le coussin qui servait à assourdir les coups que les grands pieds de Ringo lui envoyaient avec la pédale. J'ai pris le coussin. Je voulais le sentir, je pense. Ou juste toucher la chenille rose. La chenille presque pareille à celle du tapis de la salle de bains. Je me demandais si je serais capable de la toucher. De l'approcher de mon visage. Il y aurait peut-être l'odeur de June dedans. Et puis en dessous il y avait le pistolet. Près de la crosse, on peut voir, gravé dans le métal noir à travers des fioritures: Smith & Wesson PS.

Bien sûr que je le garde, Cassandre. Le mal est partout. Il dérange l'ordre du monde. Il fait de la laideur. Il faudra bien un jour que quelqu'un le tue.

On observe tout cela. On laisse faire. On sème des signes et on attend de voir ce qu'il va se passer.

36

Cette fois, ils étaient trois. Il y avait une femme avec eux.

— S'il vous plaît, droguez-moi pas.

Ils ne l'ont pas droguée. Elle a bu du whisky avec eux, un peu, pour se donner du courage, et puis elle s'est laissée aller. La femme était assez belle, l'autre homme pas mal non plus. Et Keith… Keith, aussi séduisant que possible, qui orchestrait tout ça.

Aujourd'hui, en poussant son chariot, elle chasse les bouffées de souvenirs comme autant de mouches. Les images de cette soirée lui reviennent en grappes, vaguement teintées de nausée.

Elle a été leur objet. Ils l'ont tripotée, pincée, suçotée, lui ont un peu claqué les fesses. Elle a été attachée, mise à quatre pattes, étouffée par des sexes qui s'enfonçaient dans sa gorge. Elle a goûté une femme. Une femme l'a goûtée. On a visité tous ses orifices. Elle a eu peur, quelquefois mal, s'est sentie humiliée à plusieurs reprises. Mais quand le plaisir est venu… tout le reste a explosé.

Angélique réprime un gémissement. Secoue la tête. Comment réconcilier cette enveloppe de honte qui lui englue le cœur aujourd'hui, et cette joie libératrice, ce cri qu'elle a poussé à la fin, comme un oiseau enfin envolé ?

Elle s'arrête devant la chambre 14. Entre. Monsieur Ringo regarde par sa fenêtre. Sur le bureau s'empilent les petites toiles de Jude, rectangles colorés qui semblent distiller leur musique silencieuse aux quatre coins de la pièce. Elle fait ce qu'elle a à faire, sans déranger le vieux rêveur.

Lorsqu'elle revient dans le couloir, Joseph est là. On dirait qu'il l'attendait.

— Bonjour, Joseph.

Son regard est tellement intense, à ce vieil homme aux traits mangés par les ans et la vie difficile. Il sent le gin et le fond de cendrier. Comment se fait-il qu'il se trouve ici ? Comment la patronne, cette bourgeoise coincée, a-t-elle pu engager ce personnage qui cadre si peu dans son établissement ?

— *Awani kilawahoan... Kagui kwilawatoan... Kagui waniadoan...*

Encore cette litanie incompréhensible. Elle a un mouvement d'impatience.

— Écoute, Joseph, je comprends pas ta langue. J'aimerais ça, mais je comprends pas. Si tu veux me dire quelque chose, fais-le en français.

— Regarde dans ton esprit. Ce que je te dis est là. Moi, je suis ici pour que tu entendes ces mots-là. Ils sont déjà dans ton esprit. T'as juste à regarder.

Elle fronce les sourcils.

— Joseph, je comprends pas du tout ce que tu veux dire. Mais c'est pas grave, hein. Je vais continuer ma tournée, là.

Elle fait un mouvement pour pousser son chariot, mais Joseph la retient par le bras, d'une poigne étonnamment ferme, et douce en même temps. Elle se retourne pour être à nouveau happée par ces yeux intemporels, à la fois vides et pleins comme les yeux d'un sorcier de conte.

— Tu te fais du mal, Nôskuasis. Tu crois toucher *Wligowôgan*, mais c'est *Majigowôgan* qui va finir par t'étouffer dans sa poussière.

— De quoi tu parles ?

— Tu le sais, Nôskuasis. Reste loin de lui. Il est *maji*. Il veut faire le mal. *O'da k'kezalmegowi*, il t'aime pas. T'es pas obligée de te laisser manger par le loup. Le garçon, celui qui fait chanter les couleurs. C'est lui qu'il faut que tu regardes, Nôskuasis.

37

June ?

38

Ce tableau n'est pas comme les autres. D'habitude, Jude laisse courir son pinceau au rythme de la musique, choisissant les couleurs par automatisme, bleu pour telle note, rouge pour une autre, une droite pour le majeur, une courbe pour le mineur. Il appelle cela des fugues. Comme celles de monsieur Jean-Sébastien.

Mais ce tableau-ci est différent. D'abord, il est plus grand. Presque grandeur nature. Jude se dit «grandeur nature» dans sa tête parce que le panneau de bois est aussi grand que lui et fait deux fois sa largeur.

Nathalie, sa mère, avait reçu en cadeau d'anniversaire un abonnement à la collection *Great men of music* de *Time Life*. Ringo a gardé toutes les cassettes après la mort de Nathalie, puis il les a remises à Jude quand il a été assez grand, avec le walkman jaune Sony. C'est comme ça que Jude a continué de découvrir la musique, et que la peinture lui est venue avec elle. Quand il écoute de la musique, Jude, les couleurs et les formes surgissent et il faut qu'il les peigne. Même dans l'autobus ou dans la rue, avec ses écouteurs sur les oreilles, ses bras bougent, il fait des gestes de peintre.

Pour ce tableau, il a choisi, en plus de *La Passion selon saint Jean*, l'Agnus Dei de la *Messe* en *si* mineur de monsieur Jean-Sébastien, l'*Ave Verum Corpus* et le *Lacrimosa* de monsieur Wolfgang Amadeus, les *Stabat Mater* de monsieur Antonio, de Pergolèse et de Palestrina, et puis le *Miserere* d'Allegri. Avec les sous gagnés au bar de monsieur Rouge, il est allé acheter une cassette vierge et a enregistré les musiques sur la console du salon, ainsi qu'il a vu Ringo le faire avec des cassettes à lui, compilant ses morceaux préférés de Johnny Cash, Hank Williams, Willie Nelson et les autres.

Voilà donc Jude, avec ses longs cheveux noirs en pagaille et ses bras tachés jusqu'aux coudes, en caleçon dans son « atelier », et la petite chatte tabby qui suit ses mouvements depuis son tabouret, les yeux fermés mais la moustache alerte. Cassandre sait très bien ce que fait son bien-aimé. Elle n'a pas besoin de voir pour cela. Tout l'air frémit de la fièvre de Jude. Il a le corps investi par la musique, son bras monte et descend, *largo*, il peint. Il peint quelque chose qu'il n'a jamais peint.

Lui-même.

39

Il y a un homme qui s'appelle Joseph. Il fait le ménage dans la maison où habite Ringo. Il a le visage tout brun et les yeux comme des télescopes de l'esprit. Je pense que c'est un Indien. Des fois, on fume des cigarettes ensemble, dehors, et on parle.

Lui, il ne parle pas beaucoup. Il m'écoute. Comme tu le fais, toi.

Les chants des hommes sont comme les plaintes du vent. Ils racontent les violences des tempêtes autant que la douceur de l'été. Ils sont les témoins de cette organisation compliquée où tout nécessairement doit avoir sa place.

Awani kilawahoan… Kagui kwilawatoan… Kagui waniadoan…

Qui cherches-tu ? Que cherches-tu ? Qu'as-tu perdu ?

40

— Je t'ai vue avec Joseph. Il te disait quoi?

— Rien d'important.

Keith la saisit par le bras, serre un peu, pas trop fort. Il sait qu'il n'a pas besoin de lui faire mal.

— Il m'a parlé en indien, j'ai rien compris, dit-elle.

— En indien?

— Ben, oui, je le sais pas trop, tu sais, dans sa langue indienne.

— Ça se peut pas, y a plus personne qui parle l'abénaki.

— L'abénaki?

— Ben oui, l'abénaki. Cout' donc, es-tu née niaiseuse de même?

Il s'impatiente et lui tient toujours le bras. Comment faire, que dire pour qu'il ne se mette pas en colère? Elle prend le parti du silence et tente de se composer un air franc et curieux. Il la dévisage et semble s'en satisfaire, puis lâche son bras avant de poursuivre.

— Il paraît qu'une bonne femme le parlait encore, y a quelques années. Mais là, elle est morte. La langue aussi, avec elle.

— Tu… tu es pas mal au courant…

— Un gars s'informe. Je le trust pas, moi, cet Indien-là. On dirait un sorcier. Je me suis renseigné sur sa tribu et sur leurs affaires de chaman, là, tu sais.

Angélique ne peut s'empêcher de sourire.

— Un sorcier ? Voyons, Keith. C'est un vieux bonhomme alcoolique. Il va pas te jeter des sorts avec sa moppe.

— Non, mais des fois je le vois de loin, il me regarde puis ses lèvres bougent. Comme s'il faisait des formules magiques. J'aime pas ça.

Il doit avoir perçu un frémissement chez Angélique, parce qu'il lui serre à nouveau le bras.

— Dis-moi donc ce qu'il t'a dit.

— Je le sais pas, je te dis. Il m'a parlé en indien. Abénaki, Iroquois, Huron, comment je saurais ? Tu me fais un peu mal, là.

— Ah oui ? Je te fais mal ? Me semble que t'haïs pas trop ça, toi, qu'on te fasse mal un petit peu, hein ?

Il serre encore, juste pour dire que ça pince, puis il tourne les talons après un bref sourire glacial et s'en va. Angélique reste là, les paroles du vieux concierge tournant dans sa tête.

Awani kilawahoan… Kagui kwilawatoan… Kagui waniadoan…

41

Au début, j'allais juste le regarder. Je soulevais la courtepointe, puis le vieux coussin dans la grosse caisse et je le regardais sans y toucher. J'aimais le métal noir, et voir la lumière s'y faire avaler par l'ombre. J'aimais me dire que cette petite gueule ronde pouvait cracher la mort si on le lui demandait. J'aimais l'apparente innocence de toute cette rondeur, la menteuse absence d'angles. J'aimais le contraste du bois de la crosse contre le métal du canon, je n'y touchais pas encore, mais je savais que le métal noir était froid et que le bois blond était tiède. Je sentais l'odeur du métal et l'odeur du bois, et je me disais que la vie était là, dans cet objet, la vie avec la mort dedans.

Je ne sais plus quand je me suis décidé à le saisir. Étonnamment léger. Froid et tiède comme je l'imaginais. Je l'ai soulevé à hauteur des yeux, j'ai visé mon reflet dans le rétroviseur, le guidon en plein dans l'œil, j'ai soulevé le chien avec mon pouce et appuyé sur la détente. Clic. Je croyais qu'il y aurait plus de résistance, mais non, c'était très facile. J'ai fait tourner le barillet, vrrrrrrr, comme les cow-boys, et j'ai recommencé, paw, dans l'autre œil.

Cette fois-là, je n'ai pas pu me résoudre à le replacer dans la grosse caisse. Je l'ai mis dans ma poche et je suis ressorti de la van sans même remettre la housse à sa place sur la batterie. Je m'en souviens, j'ai dû ressortir dans le froid pour aller la replacer.

Maintenant, quand je vais dans la van, j'emporte mon .38 de chez Smith & Wesson et j'attrape les méchants qui ont fait du mal à June et je les tue. Et puis j'ai trouvé des balles sous la banquette arrière, alors maintenant je peux les tuer pour de vrai si je veux.

Trois boîtes de balles, des vieilles boîtes en carton, humides et vertes avec chacune cinquante cartouches dedans. C'est bien, trois fois cinquante, ça donne cent cinquante cartouches, et un plus cinq plus zéro, ça donne six et six est le double de trois et trois est un nombre de perfection. Le vert est une bonne couleur aussi. Et le nom de la marque, Remington, c'est bien, si on calcule son nombre ça donne cent quinze, donc sept, alors ça aussi c'est un nombre de perfection, encore plus parce que c'est le nombre de notes dans la gamme et parce que c'est la moitié du nombre de monsieur Jean-Sébastien. Et puis c'est aussi le troisième nombre dans la seconde suite de Fibonacci, et c'est donc un chiffre du nombre d'or. C'est un chiffre de pouvoir et de totalité, le sept, tout le monde sait ça. Mais j'ai aussi compté que le nombre de Smith & Wesson (plus trente-huit à cause du calibre) est deux cent vingt et un, donc cinq, donc le nombre de l'harmonie du monde et le quatrième dans la première suite de Fibonacci. Et sept plus cinq, cela donne douze. Douze. Le chiffre de l'élu.

42

Tout dort.

Dans la chambre 14, le vieil homme ronfle doucement. De sa bouche ouverte coule un filet de bave qui vient agrandir une tache sombre sur la taie d'oreiller.

Personne n'a vu entrer Joseph, qui cette nuit s'appelle Sozap, dans sa langue, parce que cette nuit il va parler aux Esprits. Cet homme qui dort, là, perdu dans sa tête, il va l'aider à retrouver celle qu'il aime. Il va le guider dans son rêve.

Sous son uniforme de concierge, il porte le wampum de sa grand-mère, et, sous le wampum, deux tatouages, simples dessins à l'encre noire, ornent sa poitrine : sur le cœur, la silhouette d'une tortue et, de l'autre côté, l'empreinte d'un ours.

Il sort de sa poche une longue tresse d'herbe et un briquet, puis une coquille nacrée, de la largeur d'une paume, et dépose les objets sur le bureau, près de l'entrée. Il sort de son autre poche deux bracelets constitués de petites rondelles blanchâtres ornées de symboles gravés, enfilées sur un lacet. Il les attache à ses chevilles. Il prend son temps. Une fois les bracelets enfilés, il secoue ses pieds l'un après l'autre, doucement, pour tester. Les bijoux rendent un cliquetis léger. Il hoche la tête. Ce sera suffisant. Puis il saisit la tresse d'herbe, en allume le bout avec le briquet et, la maintenant au-dessus de la coquille, il commence à marcher d'un pas rythmé en partant de l'est et en se dirigeant vers le nord, puis vers l'ouest, puis vers le sud et l'est, puis encore vers le nord. Il tourne en rond, faisant cliqueter les rondelles à ses chevilles, obligé de contourner le lit, agitant lentement sa tresse d'herbe comme pour envoyer dans tout l'air de la chambre la fumée qu'elle dégage. Les yeux mi-clos, il psalmodie à voix basse une mélopée censée guider Ringo dans son rêve, à la rencontre de June.

Awani kilawahoan… Kagui kwilawatoan… Kagui waniadoan…

Il fera comme ça plusieurs fois le tour de la chambre, ainsi qu'il le fait pour chaque pensionnaire qui en a besoin. Il est bon de pouvoir être guidé dans ses rêves, surtout lorsque l'esprit en éveil est confus. Il ne compte pas les tours, ce n'est pas nécessaire. Il sait le moment où le rêveur atteint sa destination. Une fois qu'il est certain que Ringo se trouve avec June, il éteint soigneusement la tresse d'herbe, ôte les bracelets et fourre le tout dans ses poches.

Puis il repart, laissant son patient dans son lit, la bouche du vieil homme refermée sur un imperceptible sourire.

Voilà. Tout est en place.

Les fils de chacune des histoires vont cesser de flotter libres, quelqu'un va les nouer les uns aux autres, en faire une trame, un récit unique. Tous les possibles sont encore là. Chaque fois qu'un nœud s'attache, certains d'entre eux disparaissent.

Il n'y aura, à la fin, que cette seule histoire.

43

Qu'est-ce que ça sent? Comme un parfum d'encens, mais une sorte qu'il ne connaît pas. C'est une bonne odeur. C'était une bonne nuit. Il a rêvé de June. Il a tendu la main vers elle et elle est venue à lui. Elle souriait, elle chantait *I'm Sorry*. Il a saisi ses doigts, ses beaux doigts fins dont elle est si fière. Il lui a dit ne sois pas désolée, ce n'est pas grave, et puis il l'a prise dans ses bras et lui a flatté le bas du dos comme elle aime, avec ses grandes mains de batteur.

Il regarde ses mains. Comment se fait-il qu'elles soient toutes tordues, toutes veinées comme ça? Et ces taches… Elles n'étaient pas là hier, ces taches.

Une porte s'ouvre. Il tourne la tête et voit entrer un garçon aux cheveux longs qui sourit d'une drôle de manière et qui s'avance comme s'il le connaissait.

— Salut, Ringo.

Le garçon lui tend un petit rectangle couvert de couleurs vives, apparemment appliquées n'importe comment. L'ensemble dégage pourtant une impression d'équilibre et d'apaisement.

— Elle est en *si*, tu vois, c'est le vert qui monte à partir du jaune, c'est un beau petit vert, hein, il s'appelle céladon. C'est la couleur du *si*. Tiens.

— Merci.

Le garçon le regarde avec un air ahuri. Allons bon. Qu'est-ce qu'il a dit de si étonnant ? Merci, il a dit merci, il a juste été poli, quand on vous donne quelque chose il faut dire merci.

— T'es là, Ringo ? demande le garçon.

Le vieillard s'impatiente. Il n'aime pas qu'on le prenne pour un con.

— Ben oui, je suis là. Et vous, vous êtes où, hein, vous pensez que vous êtes où ? Comment ça se fait que vous êtes entré chez moi comme ça ?

Le garçon, qui ne souriait déjà pas beaucoup, semble s'éteindre. Il fait un mouvement vers le bonhomme en disant, très doucement :

— C'est moi, Ringo. C'est Jude.

Là, c'est le bout. On le prend vraiment pour un con. Il se fâche pour de bon.

— Voyons donc ! Jude, c'est mon petit-fils, il a six ans, il est à l'école. Allez-vous-en !

Le garçon recule, ses yeux s'emplissent de chagrin, mais il ne sort pas. À la place, c'est une femme qui entre. Une grosse jeune femme rousse.

— Allo, monsieur Ringo ! fait-elle joyeusement. Bien dormi ?

Elle s'aperçoit de la présence du garçon, elle va enfin le chasser. Le vieux se sent soulagé. Mais il se rend compte très vite qu'elle ne le chassera pas, elle s'adresse plutôt à lui sur un ton amical.

— Votre grand-père va bien, Jude ?

Ce garçon sombre ne peut pas être Jude. Jude a six ans et il est à l'école. Mais il répond quand même à la grosse rousse.

— Je sais pas. Il est bizarre aujourd'hui. Tantôt j'ai cru que l'esprit lui était revenu. Il me regardait avec ses vrais yeux.

— Ça arrive parfois. Ils ont des moments de lucidité. Mais ça repart. Ne vous accrochez pas à ça.

— Je sais. Je vais y aller. Il veut que je m'en aille.

Le garçon dit bye Ringo, puis il quitte la pièce sans se retourner. Le vieil homme reste assis sur sa chaise, la tête vide. Quelqu'un lui prend des mains l'objet qu'il tient et dit :

— On va le mettre avec les autres.

Ça s'agite, ça s'agite, ça froisse des draps, ça déplace des choses et puis ça dit :

— Venez, monsieur Ringo, on va vous laver un petit peu, OK ?

Il se laisse conduire, il s'abandonne au gant de toilette, à l'eau qui refroidit trop vite, à la serviette trop rugueuse.

Puis c'est fini. Il est assis à nouveau. On lui a mis des vêtements, on a retourné son fauteuil face à la fenêtre, on marche vers la sortie, on lance :

— À plus tard, monsieur Ringo.
Puis la porte se referme sur un marmonnement :
— Ça sent ben drôle dans cette chambre-là…

June ? T'es où, June ?

44

— Tu peux pas brailler comme ça chaque fois qu'y en a un qui meurt, ma fille. Si c'est de même, tu vas mourir toi avec, au bout de tes larmes.

La patronne fronce les sourcils, les poings sur les hanches. Angélique hoche la tête, sans pouvoir retenir les hoquets qui la secouent.

Ce matin, elle est entrée dans la chambre de madame Côté, prête à jouer ce mot qui lui permettrait enfin de se débarrasser de ce «q» qu'elle traînait depuis plusieurs jours. Et elle était morte.

Madame Côté est morte et la partie de Scrabble ne sera jamais terminée.

La patronne lâche un soupir excédé.

— Bon, brasse-toi un peu, là! Va te moucher, trouve-toi quelque chose d'autre à faire. Je vais envoyer Joseph finir la chambre.

Elle sort en criant Joseph, Joseph, et Angélique reste là à s'expliquer dans sa tête que sa vieille copine est mieux là où elle est, que peut-être elle court toute légère dans un grand champ vert céladon, comme le tableau de Jude, un grand champ plein de vie avec des papillons, et les parfums de toutes les couleurs à inventer.

Lorsque Joseph entre dans la pièce, Angélique a déjà sorti le jeu de Scrabble du tiroir et s'apprête à aller le déposer dans le vestiaire pour le ramener chez elle. Personne ne le réclamera, la vieille dame était toute seule. Comme tous les pensionnaires ici, sauf Ringo. La voix du vieil Indien la fait sursauter.

— La solitude, Nôskuasis, c'est pas une punition.

Elle le contemple, interdite. Le visage impassible, ou presque, il sourit des yeux. Avec une indicible chaleur. Comme s'il la prenait dans ses bras, mais avec le regard. Il lit dans les pensées ou quoi, ce drôle de bonhomme ?

— Tu fais ton chemin à travers les arbres, poursuit-il, c'est toi qui décides où tu les poses, tes mocassins. Pis c'est toi qui décides si tu veux marcher toute seule, ou pas. Toi, qu'est-ce que tu veux ? Tu veux marcher toute seule ?

Elle reste silencieuse. Il continue.

— Toi, tu suis la trace de Nolka, le chevreuil, pis le chasseur est sur ta piste. Y sent ta peur. Y trouve que ça sent bon. Y en veut encore. Toi, qu'est-ce que tu veux, Nôskuasis ? Trouves-tu vraiment que tu sens bon ?

Les sanglots lui remontent à la gorge. En étouffant, elle s'enfuit. Tandis qu'elle s'éloigne dans le couloir, elle entend l'étrange chanson qui la poursuit.

Awani kwilawahoan ? Kagui kwilawatoan ? Kagui waniadoan ?

45

Le garçon qui fait chanter les couleurs. C'est comme ça que Joseph a appelé Jude, l'autre fois.

Angélique comprend, alors qu'elle contemple le dernier tableau qu'il a apporté à son grand-père, ce que Joseph a voulu dire. Ce vert pâle - céladon - semble diriger une danse où les autres couleurs s'enlacent pour tournoyer autour de lui. C'est plein de vie, de joie, comme si la lumière en personne y dansait.

Elle devrait essayer de lui parler alors, à ce mystérieux jeune homme. Mais il est d'une telle beauté, cela l'intimide. La beauté l'a toujours intimidée. En présence de quelqu'un de très beau (surtout une femme), elle bafouille, s'empêtre, laisse tomber des choses. La beauté l'écrase, elle se sent de trop quand la beauté est là, elle veut s'en aller, juste s'en aller.

Monsieur Ringo s'agite sur son fauteuil. Elle pose la toile, referme le tiroir, va vers lui.

— Ça va, monsieur Ringo ?

— Jude ?

Le vieil homme a l'air anxieux. Elle le rassure.

— Il va venir demain, comme tous les vendredis.

Le bonhomme gigote, fait mine de se lever.

— Juste demain ? Juste demain, mais si je lui dis pas, il prendra pas ses pilules ! Il faut qu'il prenne ses pilules ! Il faut qu'il prenne ses pilules !

Des pilules ? Il est malade, le merveilleux garçon ? Ou peut-être est-ce une hallucination de monsieur Ringo… Mais non. Les malades d'Alzheimer n'hallucinent pas. Leur mémoire fonctionne comme un kaléidoscope détraqué, tout s'y mêle et s'y télescope, mais ils n'ont généralement pas d'hallucinations. Donc le garçon a, ou a eu déjà, besoin de prendre des médicaments.

— Monsieur Ringo, calmez-vous, je vais lui dire de les prendre. Qu'est-ce que c'est, les médicaments ?

Le vieux la contemple, les yeux agrandis par l'anxiété. Sa mâchoire tremble.

— Clo… Clozapine, articule-t-il. Faut pas qu'il oublie son Clozapine.

Elle a pris son carnet dans sa poche et note.

— Il y a autre chose ? demande-t-elle.

— Et le… l'Ativan… s'il se sent inquiet, s'il a peur, il faut qu'il mette la moitié d'un Ativan sous sa langue.

— D'accord, je vais lui dire, monsieur Ringo, je vais l'appeler en sortant de votre chambre. Ça va aller ?

Ringo regarde autour de lui, l'air effaré. Il lève à nouveau la tête vers Angélique.

— Qu'est-ce que je fais à l'hôpital? Je suis malade?

La vérité. C'est mieux que le mensonge, même si elle fait mal. Aussi se penche-t-elle vers son patient et lui pose-t-elle une main sur l'épaule pour lui dire doucement:

— Oui, monsieur Ringo. Vous êtes malade. Vous avez la maladie d'Alzheimer. Vous vivez ici, maintenant. C'est pas un hôpital, c'est une résidence pour personnes âgées. Du monde en perte d'autonomie, comme vous. Jude vient vous voir le vendredi après-midi.

L'homme prend son visage dans ses mains. Il est visiblement très effrayé.

— Je reste ici? Jude... il est tout seul? Il est toujours tout seul?

Angélique prend un air encourageant.

— Mais oui, monsieur Ringo. C'est un adulte, votre petit-fils. Il a plus six ans, là. Il est capable de s'occuper de lui, maintenant. Puis il s'occupe de vous aussi. Il vous apporte toujours des belles peintures qu'il fait, vous voulez voir?

Elle fait un mouvement vers la commode, mais il crie et cherche à se lever.

— Non! Jude! Il faut pas qu'il reste tout seul! Faut que j'y aille, faut que je m'en aille!

— Restez tranquille, monsieur Ringo! Tout va bien, je vais appeler Jude tantôt, puis je vais revenir vous dire. OK ? OK ? Assoyez-vous, s'il vous plaît.

Mais il ne veut pas s'asseoir, il veut partir, il la pousse et se précipite dans le couloir. Angélique n'a plus qu'à sonner Keith, qui va le calmer avec un argument chimique.

Que s'est-il passé ? Une crise de démence ou un moment de lucidité ? Elle va devoir appeler le beau garçon pour en avoir le cœur net. Clozapine… Clozapine… Elle a déjà entendu ce nom quelque part…

Il bat, le cœur de la Terre. Il bat comme le tambour et comme les pas du danseur dans le foin couché. Il bat, et le sang de la terre coule dans les veines de la terre et tout se poursuit comme toujours, et le loup et le chevreuil continuent de se courir après.

46

Elle a appelé à plusieurs reprises. À chaque fois le téléphone a sonné longtemps. Pas de répondeur pour laisser un message. Et voilà qu'on est vendredi, seize heures, et que le petit-fils de monsieur Ringo n'est pas là.

Angélique revoit en pensée les yeux du vieux monsieur, suppliants, alors qu'elle lui promettait la veille de s'occuper des médicaments de Jude. Qu'en est-il exactement ? De quel Jude parlait le grand-père ? De l'enfant qu'il n'est plus ? De l'adulte ? Comment savoir ?

La Clozapine, elle a vérifié dans l'encyclopédie des médicaments de Keith, c'est un neuroleptique. Un antipsychotique. Un remède pour les schizophrènes. Jude serait schizophrène ? Alors peut-être que monsieur Ringo s'inquiète pour de vrai, pour quelque chose qui se passe maintenant ? Comment savoir ? Les bras croisés, debout devant la baie vitrée près de la porte d'entrée, elle se mord nerveusement les lèvres. La vitre ne protège pas entièrement du froid sibérien. Une des dernières journées glaciales de l'hiver, celles qui suivent le redoux, il y en a toujours trois ou quatre qui s'enchaînent, où l'on ne peut sortir sans que les poumons paniquent à la première inspiration. Elle aime la lumière de l'hiver, une lumière crue, sans fard, une lumière de toute vérité. Et le silence neigeux qui feutre tout.

Où est Jude à présent ? Pourquoi ne vient-il pas à son rendez-vous hebdomadaire ? Sans en être vraiment consciente elle l'attend ici, devant la baie vitrée, elle guette la silhouette un peu voûtée, les cheveux qui remuent au gré des pas, la cigarette qui répond aux nuages de buée exhalés par la bouche. Chaque fois qu'un autobus tourne au coin de la rue, elle se raidit, c'est peut-être le bon bus, il est peut-être dedans. Mais non. Et puis, lorsqu'un bus s'arrête, il n'en descend pas.

— Vas-y. Va le chercher.

Elle sursaute. Joseph, encore, avec sa voix rauque de vieux fumeur. Il sent le fond de bar-salon. Elle sait qu'il a une flasque dans sa poche. Et alors ? Elle attend la suite, il va sûrement poursuivre. Comme de fait :

— Il est perdu, Noskuâsis. Il est perdu, il est trop loin, il va mourir de froid si tu vas pas le chercher.

Elle ne s'étonne plus, maintenant, de l'apparente clairvoyance du bonhomme. Et en plus, elle le croit. Contre toute logique. Mais qu'est-ce qui est logique dans cette vie, dans sa vie à elle ? Elle a elle-même l'impression de vivre dans un mauvais roman d'horreur, qu'un monstre l'a envoûtée, qu'elle est à sa merci et qu'il va la dévorer dans son antre au fond de cette ruelle si on ne vient pas à son secours.

Elle fait un bref signe d'acquiescement à l'intention du vieil Indien, qui sans broncher reprend sa trajectoire, poussant tranquillement son chariot dans le couloir. Elle se précipite vers le vestiaire, pressée maintenant par une indicible urgence.

Alors qu'elle s'appuie sur la lourde porte pour sortir, elle croise du coin de l'œil le regard de Keith. Keith qui fronce les sourcils, un pli qui ne dit rien de bon à la commissure. Plus tard. Elle lui expliquera plus tard. Pour l'heure, il faut qu'elle attrape le prochain bus. Lorsqu'elle se retrouve enfin dehors, le froid l'avale.

47

Des fois, je n'arrive pas à disparaître.

Je m'assois derrière le volant de la van, je fais tout comme il faut, mais je reste là. Je ne disparais pas. Je le sais, même si je ne suis pas dans les yeux des autres pour me voir ou ne pas me voir. Je le sais, moi, quand je suis disparu.

Je n'aime pas ça.

Quand il fait froid, ça peut aider. Le froid t'engourdit, tu peux devenir transparent. Ce n'est pas la même chose que disparaître. Transparaître et disparaître, ce n'est pas la même chose. Mais c'est un compromis acceptable.

Sauf qu'une fois transparent, je ne peux pas voir June. Quand je suis transparent, surtout transparent de froid, c'est Nathalie qui vient à moi. Nathalie avec ses ciseaux, pas Nathalie qui écoute de la musique et qui dit c'est la lumière qui chante. Nathalie avec ses ciseaux et le sang le sang le sang partout dans la salle de bains.

Je n'aime pas ça.

Elle est là, Nathalie, elle a les yeux ouverts sur le plancher, et je vois sa bouche qui se tord pour former un mot, j'ai peur, je veux m'enfuir, mais je suis transparent de froid, je ne peux pas bouger. Elle ne bouge pas, elle est comme la statue d'Athéna à Nashville, je l'ai vue sur une carte postale que m'a montrée Ringo, une carte postale vierge parce qu'ils n'y sont pas allés, à Nashville, mais les yeux d'Athéna je les connais, ce sont des yeux de mort et d'horreur, et la bouche de Nathalie va crier – elle crie

— Jude ! Jude ! Il faut rentrer, Jude, il fait trop froid ! Vous pouvez pas rester là !

48

Elle saigne. Elle n'ose pas porter la main à son nez pour vérifier, mais elle sent bien le liquide poisseux qui en coule, elle en goûte le sel et le fer qui s'insinuent dans sa bouche.

Elle n'est pas retournée tout de suite chez elle après avoir trouvé Jude dans la vieille fourgonnette mise au rancart au fond de la cour. Il était déjà engourdi de froid. Elle l'a convaincu d'en sortir, elle l'a ramené chez lui où les attendait une vieille chatte, manifestement aveugle. Elle l'a fait asseoir dans la cuisine, a fait du thé, s'est assise en face de lui. Si beau. Il la regardait sans peut-être la voir vraiment. Il la regardait de l'intérieur. Ou bien, au contraire, il la voyait vraiment, en fait. Il ne parlait pas, ses yeux noirs avec leur douceur faisant du silence quelque chose de parfait.

Angélique a posé les tasses sur la table, s'est assise à son tour. Jude grelottait, il a placé ses mains autour du récipient chaud, la regardant toujours sans ciller. Elle a dit :

— Votre grand-père s'inquiétait pour vous. Je suis venue voir.

Il est resté silencieux. De la cuisine, on ne voyait pas grand-chose du reste de l'appartement. La pièce donnait sur un corridor qu'on devinait long. Une odeur de térébenthine révélait que le jeune homme avait son atelier quelque part par là. La chatte se frottait sur ses jambes. Elle lui a gratté la tête avant de reprendre.

— Monsieur Ringo m'a dit que vous deviez prendre des médicaments. Je sais pas si c'est sa mémoire qui lui joue des tours, alors j'aimais mieux être sûre.

Il ne répondait toujours pas, mais ses yeux se sont orientés vers le comptoir, près de l'évier, où quelques flacons prenaient la poussière.

Elle s'est levée pour en vérifier le contenu. Clozapine. Ativan. Fer en capsules. Les prescriptions, au nom du garçon, dataient déjà de plus d'un an. Elles auraient dû être renouvelées. Pourtant les flacons étaient presque pleins.

Elle est retournée auprès de Jude et lui a dit, très doucement, qu'il devait prendre ses médicaments.

— Si vous voulez, je peux vous appeler tous les jours pour vous y faire penser.

Il a acquiescé, d'un court hochement de tête. Ils ont fini leur thé en silence et Angélique est revenue au Manoir.

Et maintenant elle saigne, parce que Keith l'attendait dans le vestiaire. Il lui a intimé l'ordre de ne plus quitter le Manoir sans lui dire où elle va et l'a frappée au visage. Pas très fort. Juste assez. Ensuite, il a jeté :

— Ce soir. Même endroit.

Et il est parti.

49

Toi non plus tu n'aimerais pas ça, le bus, Cassandre. Si tu étais obligée de le prendre, tu n'aimerais pas ça. D'abord, ça pue. Et puis ça fait du bruit. Et c'est plein de secousses. Et il y a des gens partout qui te regardent et qui disent des choses dans ton dos. Ils pensent que tu ne t'en rends pas compte, mais tu les vois bien ricaner. Oui, oui, ils ricanent et ils se racontent des choses dans ton dos. Parfois même ils répètent ce que tu as dans la tête, et ils trouvent ça drôle, ils trouvent ça drôle ce que tu penses, ils trouvent que tu penses des choses ridicules et insensées. Tu es tout seul parmi tous ces gens qui rient et qui parlent et qui te touchent.

Et puis il y a autre chose. Le bus, il ne prend pas le bon chemin. Il ne tourne pas aux bons endroits. Il n'y a pas d'ordre, pas d'ordre. C'est impossible d'arriver à un calcul juste avec le bus. Rien qui se tienne. Tu comptes les tournants et les arrêts, tu essaies d'établir un rapport mathématique qui se tienne avec tout ça, tu n'arrives à rien.

Jamais le même nombre de passagers. Jamais tout à fait la même heure, ta montre ne sert plus à rien. La seule chose fiable avec ce maudit parcours, c'est que c'est toujours le même. Tu n'aimerais pas ça, toi non plus.

Mais il faut quand même le prendre, le bus. Il faut le prendre pour aller voir Ringo.

50

On prend la 401 Ouest et on roule jusqu'à Alexandria Bay, au bord du lac Ontario. Là, on traverse la frontière. Un angle de quatre-vingt-dix degrés, franc sud, sur la 81. On roule, on roule. Il y a des villes aux noms bizarres. Mexico. Comment peut-on être une ville du nord des États-Unis et s'appeler Mexico ? Ou Calcium ? Ou Syracuse ? Manque d'imagination flagrant. À Syracuse, on tourne à droite, route 90, vers l'ouest à nouveau. On longe le lac Érié puis, à Cleveland, on va retourner vers le sud sur la 77. La 64 vers l'ouest à Huntingdon. Et enfin la 65 à Elizabethtown, jusqu'à Nashville. On va croiser le Vermont, l'État de New York, la Pennsylvanie, l'Ohio, la Virginie de l'Ouest et le Kentucky avant d'arriver au Tennessee. Le parcours ressemble à un escalier tracé en rouge sur la carte.

Les Highway Riders ont étudié toute la soirée cet itinéraire. Ils ont fini par calculer que celui-là serait le meilleur. Pas loin de vingt-quatre heures de route, on arrête dormir là et là, et peut-être là.

On peut arrêter voir ici et ici, des fois qu'ils nous prendraient pour un set ou deux. Un ami qui a déjà fait ce trajet leur a indiqué un certain nombre d'endroits où ils pourraient jouer en échange d'un motel pour la nuit. On va compter une semaine pour se rendre.

Nathalie est dans son petit lit, au fond de la Dodge A100 Custom Sportsman Van 1965, et les Highway Riders sont tassés autour de la table amovible. Le plafond de la fourgonnette disparaît derrière un nuage de fumée opaque. Elle n'a pas vu le dessin sur la carte, mais elle l'imagine très bien, l'escalier rouge. Ouest, sud, ouest, sud. Elle connaît les points cardinaux. Mon oncle Nash les lui a appris, quelque part entre Gaspé et Matagami.

51

Qu'est-ce que tu vas chercher au fond de cette ruelle ?

Nue, un pied sur le bord du bain, elle se contorsionne pour placer la bandelette de cire derrière son mollet. Incapable de ne pas voir ses seins couverts de minuscules marques rouge vif, comme des morsures de bébé. Des pinces à linge.

Qu'est-ce que ça t'apporte ?

Elle pense à la litanie de Joseph.

Les monstres sont nécessaires à l'équilibre du monde. Pour éprouver le besoin de faire et d'être, il faut cette menace.

52

Ils jouent au Scrabble avec le jeu de madame Côté. Une fois par semaine, depuis qu'Angélique l'a sauvé du froid, ils jouent. Pas beaucoup de mots dans l'air, un peu plus sur le plateau de jeu.

Jude prend son temps. Il ne compte pas les points. Il ne cherche pas à placer le plus de lettres possible. Angélique l'observe un moment, plus ou moins agacée. Puis s'impatiente gentiment.

— Pourquoi t'as pas mis ton « z » ? En conjuguant ton verbe à la deuxième personne du pluriel, tu le fais compter double en plus des dix points du « z ».

Jude la regarde comme si elle niait l'évidence.

— Je peux pas faire ça.

— Pourquoi ? La case est libre.

— Ça marche pas. Ça jure.

— Comment ça, ça jure ?

— À cause des couleurs. Ça va pas ensemble. Le rouille, ça va pas avec le brun.

Regard interrogatif. Elle attend la suite. Jude s'agite. Il ne semble pas comprendre qu'elle ne saisisse pas de quoi il est question. Elle insiste.

— Mets-le donc, ça va te faire plein de points.

— JE PEUX PAS ! ÇA VA PAS ENSEMBLE !

Il crie encore, sans mots.

La partie est finie. Le garçon ne veut plus jouer. Il se tire les cheveux, l'œil nerveux, se mord l'intérieur des joues. Sa respiration s'accélère. Angélique vide son chevalet dans le petit sac de tissu.

— OK, Jude, OK. On va arrêter ça là si tu veux.

Il ne répond pas, mais elle sent qu'il se détend un peu à cette idée. Tranquillement, elle ramasse le second chevalet, le vide, enlève les lettres de sur le plateau de jeu. Il reste un « a » qu'elle va saisir, mais Jude la devance. Il contemple le petit carré de bois. Sourit.

— Il est beau celui-là. Rouge. C'est beau avec presque toutes les autres couleurs, rouge.

Angélique acquiesce. Elle ne prendra pas la peine de le corriger, de lui dire que ce « a » est, comme toutes les autres lettres du jeu, simplement gravé en noir dans un petit carré de bois blond. Elle dit plutôt :

— Tu as raison, tu sais. Rouille, c'est une couleur vraiment difficile à agencer.

— Hm hm.

— Tu as pris ton médicament comme il faut cette semaine ?

— Hm hm.

53

Des branches couvertes de givre sur le ciel aveuglant. Tu suis des doigts le dessin du tronc, de la branche, du rameau, de la ramille. Tout est parfaitement ordonné. Comme les cristaux de givre qui picotent le silence. La musique est là dans l'arbre et dans le givre, et dans le ciel noyé de bleu.

Harmonia mundi.

54

Le vide. Est-ce que c'est ça qui emplit maintenant Ringo ? Le vide ?

Non.

Il y a autre chose. Des fois, ce quelque chose passe dans ses yeux, et je peux le voir. Je peux même l'entendre. Cela grince et claque, cela fait des bruits de moulin détraqué, avec des hurlements fous derrière. Je connais ça. Ça le fait dans ma tête aussi. Tout le temps.

C'est la peur.

55

Mon amour.

Mon amour. Impossible de penser à Keith avec ces mots-là.

Elle tourne cela dans sa tête en préparant la chambre vide de madame Côté, qui accueillera un nouveau pensionnaire aujourd'hui.

Et puis elle pense à Joseph. Elle se dit c'est maintenant qu'il se manifeste. Toutes ces années à promener sa moppe sans dire un mot et hop, le voilà qui se mêle de sa vie.

56

— Tout le monde est sur la terre pour faire quelque chose, Joseph. Oui, toi aussi, mon p'tit gars.

Joseph se souvient du père Constant en époussetant les plinthes. Un long monsieur maigre, avec des yeux tristes et pleins de bonté. Son confesseur du pensionnat. La nuit, dans le grand dortoir froid, d'infimes chuchotements racontaient en abénaki, en atikamek, en algonquin, des choses terribles. Celui-là avait été emmené dans la «chambre de douleur» et on lui avait donné la strap jusqu'à ce qu'il perde quasiment connaissance. Un autre avait dû embrasser un étrange p'tit Jésus dans la sacristie de la chapelle. À celui-ci, on avait menacé de couper la langue si on le reprenait à dire quelque chose dans son patois de sauvage. Mais pas Joseph. Joseph avait froid, souvent faim, il ne savait s'il reverrait un jour ses parents, il ne comprenait pas ce qu'il faisait là et peinait comme tous les autres à essayer de ne plus être un Indien, de devenir un bon Canadien français. Mais jamais il n'a subi de sévices. Le père Constant protégeait ses pupilles. Tant qu'il le pouvait.

Angélique. Jude. Joseph. Le passé construit le présent. La mémoire tisse les fils du tissu de l'âme. Tu es ce que tu as été, et ce que d'autres ont été avant toi.

Et Keith ? Quels cauchemars le réveillaient, enfant ? Quelle noire souvenance exhumerait-on des soubassements de son esprit ? Quelles voix lui crient encore parfois, dans sa tête, à quel point il est un mauvais, mauvais, mauvais garçon ? Quelles tortures a-t-il infligées à de plus faibles que lui, rejouant son propre martyre ?

Faut-il vraiment le raconter ?

Peut-être est-ce trop grave. Trop laid.

Il y a des choses que le récit, parfois, doit taire.

57

C'est un drôle de monsieur, Joseph. J'aime ça, parler avec lui. Il écoute comme personne. Tout son être m'entend. Moi aussi je l'entends.

Son âme est tout entière bâtie de larmes. Les siennes. Celles d'autres personnes dont les pleurs vibrent en lui. Il est tous les *lacrimosa*, tous les *miserere* du monde. Je le peindrais en *Stabat Mater*. Celui de monsieur Antonio, *Nisim Dominus*.

Il serait au pied d'une croix et tiendrait dans ses bras un enfant nu, et cet enfant porterait au cou un chapelet de feu et on verrait, entre ses petites cuisses serrées, une coulée rose, comme un mélange de sperme et de sang. Et autour il n'y aurait pas de soldats romains, mais des prêtres et des religieuses, et Joseph pleurerait comme une *mater dolorosa* avec un petit Indien crucifié dans les bras.

58

Je veux bien prendre les médicaments.

Je veux bien calmer la peur, bercer l'angoisse, éloigner les fantômes.

Mais les couleurs ? Je sais parfaitement ce qui arrive aux couleurs quand tout le reste s'apaise.

Elles s'éteignent. La musique aussi s'éteint. Les merveilleux nombres qui s'animent pour tracer des chemins lumineux aux méandres parfaitement entrelacés, ils disparaissent. L'ordre magique du monde s'efface et tu n'es plus qu'un garçon timide et tout seul qui comprend les choses comme les gens ordinaires, ceux qui n'ont pas de fantômes qui crient dans leur tête. C'est-à-dire imparfaitement. Tu n'es plus qu'un scaphandre vide couché sur la boue des abysses. Tes sens, minables petits hublots crasseux, ne laissent entrer en toi que les scories du monde.

Et ça…

Non.

Oh, non.

59

C'est un pas de deux. Un pas de deux sur l'andante du *Concerto n° 21* de monsieur Wolfgang Amadeus.

La femme est dos au mur, l'homme en face d'elle. Il lui tient durement les mains collées au papier peint, le long du corps. Elle tend le visage vers lui. On voit son respir haletant qui soulève ses vêtements comme quelqu'un qui essaierait de sortir de son ventre. Elle fait oui, oui, oui. Il parle tandis qu'elle fait oui, ses lèvres remuant à peine. Il a les traits contractés, les mâchoires serrées. Elle fronce les sourcils, il lui fait mal.

Jude ne sait pas ce qu'ils se disent. Il est venu plus tôt ce vendredi, il veut inviter Angélique à souper. Ils sont amis, maintenant, oui, c'est elle qui le lui a dit. Elle va venir manger avec lui, il va faire du steak haché avec de la mioche et des petits pois, ça va être beau dans leurs assiettes avec toutes ces couleurs, et ils vont jouer au Scrabble.

Il marche vers le couple qui danse immobile au milieu des échos du corridor, il voit l'odeur des vieux qui tourne autour d'eux, il va ouvrir la bouche et dire Angélique, et puis il s'arrête. Net.

L'homme – Keith, il s'appelle Keith, c'est l'infirmier, Keith – fait remonter ses mains sur les bras d'Angélique qui a fermé les yeux, il parle toujours de cette drôle de manière qui n'ouvre pas les lèvres, ses mains trop serrées relèvent les manches, découvrent la peau laiteuse de la jeune femme, jusqu'à la saignée du coude et puis, oui, il la griffe, il fait redescendre ses mains, les ongles dans la peau, et il laisse sur chaque bras trois traînées rouges. Angélique arque le cou, comme sous une caresse, l'homme poursuit son discours à voix rentrée puis la lâche, et elle reste là clouée au mur, elle est un peu morte debout sur le mur et l'autre s'en va sans un regard, il s'en va vers le fond du corridor de son grand pas de monstre satisfait.

Jude ne bouge plus, son élan suspendu. Des images crient dans sa tête – Nathalie –, elles crient la lumière trop allumée d'une salle de bains – sang –, elles hurlent la mort venue par les poignets de sa mère – ciseaux –, il se bouche les oreilles, il voudrait fermer les yeux mais ne peut pas. Angélique rouvre les siens et tourne lentement la tête vers lui.

La danse est finie.

60

Le couteau trace un quadrillé dans le pâté de légumes pilés. Carottes et pommes de terre.

Nathalie sourit pour son petit garçon. Toute sombre, elle trouve encore assez de lumière en elle pour ce sourire-là.

— On va faire des petits chemins dans la mioche. Tiens ta fourchette comme il faut, mon amour. C'est un tracteur. Brrrrrrrrrouououoummmm… C'est ça. Mange bien pour maman.

Maman qui va mourir ce soir. Parce que c'est trop dur de vivre. Parce que les toc toc de madame Dubé lui remplissent trop la tête, la musique ne parvient plus à les étouffer, plus rien que ces toc toc dans la tête, et les chut ! de monsieur Dubé. Il n'y a plus rien que cela, la mort, pour faire taire son âme qui hurle.

61

Joseph fume dehors. L'air commence à sentir le printemps. Odeur d'asphalte et de crotte de chien. Découpées sur le ciel fuligineux, les branches des érables faméliques qui ont donné son nom au Manoir tendent déjà leurs bourgeons rouges au soleil qui perce difficilement le couvert nuageux. Le boulevard gronde et siffle tandis que le vieux concierge songe à Tsi-Noo, l'homme au cœur de glace qui se nourrit d'âmes humaines.

Il a vu le garçon sortir de la bâtisse et courir vers l'arrêt de bus en lui jetant au passage un bref regard affolé. Il a vu le sang de sa mère dans ses yeux.

Il a prié cette nuit avec le tambour. Il sait qu'il ne pourra rien faire de plus. Les dieux, blancs ou rouges, on ne peut rien contre eux.

Tout se trace avant nous. En dehors de nous.

62

Ringo dans la chambre 14. Il attend. Il regarde ses genoux comme si quelque chose devait s'y trouver. Quoi ?

Les cheveux de June sous ses doigts. La tête de June sur ses genoux. Ils ont joué quelque part, ils sont fatigués, elle s'est laissée couler sur le tapis du motel et a posé sa joue sur le tissu rugueux de son jean. Ils sont un peu pétés, ils entendent les autres qui parlent dans la chambre à côté. Des murs en carton. Nash gratte sa basse. Ils testent cette nouvelle chanson qu'ils veulent enregistrer à Nashville. June dit le riff est bon. Elle rit doucement.

— On est rendus bons. Il va être beau notre long-jeu, il va se vendre, on va pouvoir rester tranquilles un petit bout, avec Nathalie, dans un vrai chez-nous.

— Oui…

Il caresse les cheveux de June et s'étonne que ses mains ne rencontrent pas leur soyeux.

63

Il lui fait du mal. Il lui fait du mal.

Je ne suis plus capable de disparaître dans la van tellement je pense juste à ça. Il lui fait du mal.

Alors je peins. Tu vois, Cassandre. C'est mon visage sur la toile. Mon corps. Mes bras, mes mains, mes pieds. Je n'avais jamais remarqué que mon corps était si maigre.

Il va falloir que je prenne le revolver et que je le garde avec moi. Pour le peindre comme il faut.

Cassandre. Tu dors ?

64

Laver la peau fripée. Passer délicatement la ratine entre les fesses. Ne pas faire mal. Ne pas faire mal à l'humanité de cette personne qui n'a plus la force de nettoyer la merde qui lui colle aux poils et qui la fait puer.

Envelopper le corps d'une couverture chaude. Elle a fait chauffer la couverture dans le sèche-linge. Elle n'a pas le droit. L'électricité, ça coûte cher.

Et un vieux monsieur qui gèle sur son lit, les yeux fermés, le corps couvert de chair de poule pendant qu'on le lave à la débarbouillette, avec un petit moignon de dignité en forme de mutisme, combien ça coûte ?

Elle contemple ses avant-bras qui besognent, efficaces et tendres. Keith les a rayés de rouge. Les marques de Keith bougent au rythme des mouvements qu'elle fait pour soulever un pénis, frotter doucement les testicules, remettre à sa place le vieux membre qui n'a plus faim de rien.

Et toi ?

Tu as faim de quoi, toi, Angélique ?

65

Cassandre est couchée en sphinx sur son tabouret. Ses oreilles bien droites et ses vibrisses tendues ne perdent pas une miette des mouvements de Jude qui peint. Un grésillement qu'elle ne comprend pas sort du machin qu'il place invariablement sur sa tête avant chaque séance. De temps en temps, sans s'en rendre compte, tout absorbé qu'il est par son ouvrage, il échappe à mi-voix des bribes de latin. *Sicut sagittæ… filii excussorum…* Sans le voir, Cassandre perçoit les dimensions du tableau, bien plus grand que tous ceux que Jude a faits jusque-là. Elle sent son volume dans l'espace. Cette présence modifie l'atmosphère, l'air semble plus compact. Et puis la quantité de peinture, plus importante, recouvre toutes les odeurs d'un filtre à la térébenthine. Oh oui, c'est un grand, un très grand tableau, lui dit son nez.

C'est un Christ en croix. On le voit de face, enfin pas vraiment de face puisque sa tête vient de s'affaisser sur sa poitrine. Ses cheveux, du côté droit – son côté droit à lui –, entraînés par le mouvement de sa tête enfin libérée des liens de la vie, pendent. On les voit presque finir de bouger. La croix se trouve légèrement décalée vers la droite par rapport au cadre, de sorte que la tête, penchée sur la gauche du personnage, et l'espèce de lueur qui en émane se retrouvent au centre. Le fond est d'un noir absolu. Le bois blond de la croix, la chair blême mais encore rose de vie du crucifié, le blanc du pagne drapé sur les hanches minces, puis la discrète auréole, toute cette pâleur irradie comme une lumière, par contraste avec la noirceur du fond. Un homme cloué dans sa souffrance, dans son absolue souffrance, et rien autour. Rien. Que la noirceur infinie de la douleur du monde.

Son bras gauche, détaché de la poutre de chêne, balle. Sa main tient quelque chose. Ses longs doigts se referment sur un objet noir dont les contours rougeoient sur le noir éternel. Un revolver.

66

Sozap peine sous le soleil de juillet. Un nuage de mouches noires le harcèle tandis que deux taons à chevreuil jouent autour de sa tête à qui va le rendre fou.

Ce sont les vacances d'été, la cour est pleine d'enfants aux cheveux noirs coupés à la diable et vêtus de chiffons qui ont connu des jours meilleurs. Ce sont les vacances, mais on n'entend ni cris ni rires, personne ne court ni ne lance un ballon. Ce sont les vacances, mais les enfants qui sont restés ici, leur réserve se trouvant trop éloignée et leurs parents n'ayant pas l'argent – certains n'ont *jamais vu* une pièce de monnaie – pour un pareil voyage, ces enfants-là travaillent.

Les plus grands aux cordes de bois, les plus petits aux plates-bandes, les moyens aux potagers et aux arbres fruitiers. Et tout le monde au ménage, à la lessive et au frottage de carreaux. On se garde bien de parler, de peur d'échapper un mot dans sa langue, une infraction qui peut valoir, selon le religieux de faction à votre poste, une punition allant de la simple taloche derrière la tête à trois jours dans la cave sans boire ni manger. Sans compter la chambre de douleur. Celle-là... Quand l'un des leurs s'y fait emmener, les enfants n'échangent aucun regard – la peur, encore –, mais communient tout de même à la même compassion terrifiée. On en revient tuméfié, le dos endolori, des marques à toutes sortes d'endroits... Certains sortent de là changés à jamais, les yeux éteints, l'âme éclatée. Une fois, l'hiver dernier, une petite de Lac-Simon n'en est pas ressortie. Personne ne sait ce qu'elle est devenue. Le soir, dans la toute relative sécurité des dortoirs, on chuchote que son corps est enterré là-bas derrière, au fond du verger, et qu'elle n'y est pas toute seule.

Aujourd'hui, Sozap travaille avec le frère Constant. Ils binent le carré de choux. La tâche du petit garçon consiste à vérifier soigneusement le feuillage de chaque plante et à en enlever les petits vers. Il est heureux d'être avec le père Constant. Comme tous les autres, il aime se retrouver en la présence de cet homme doux qui raconte de belles histoires avec sa voix tranquille, et qui tolère que l'on parle, à condition que ce soit en français. Il répond même aux questions qu'on lui pose.

Ce jour-là, justement, quelque chose taraude Sozap, une idée qui lui rôde dans la tête depuis quelque temps. Il ose.

— Père Constant ?

Sa langue maternelle ne contient pas le son *r*, il a bien du mal à le prononcer, cela sonne comme un *l* qui trébucherait sur un tas de cailloux.

Le prêtre en profite pour se redresser un peu, s'appuyer sur sa binette, s'éponger le front sous son grand chapeau de paille. Il fait chaud dans les soutanes.

— Oui ?

— Moi, quand je vas sortir d'ici, je seras p'us un Indien ?

L'homme sourcille. Réfléchit. Opte pour le compromis.

— Quand tu vas quitter le pensionnat, tu vas être un bon Canadien français, Joseph.

— Pis je seras p'us un Indien ?

— Qu'est-ce que tu veux dire, Joseph ?

— Les cheveux, la peau, ça va devenir comme un vrai Canadien français ? Comme… comme vous, là ?

L'enfant lève des yeux remplis d'espoir. Interloqué, l'homme se courbe un peu pour se rapprocher de la confidence.

— Mais… Où est-ce que tu as pris ça, cette idée-là, Joseph ?

Sozap baisse la tête. Il ne sait s'il doit tout dire. Mais le père Constant est bon. Quoi qu'il dise, il ne le frappera pas.

— C'est sœur Sainte-Thérèse, mon père. 'A dit à François Awashish qu'a' va l'frotter avec la brosse assez pou' qu'y vienne blanc. 'A dit la peau d'Indien c'est sale, pis le bon Dieu y aime pas ça les enfants sales. Moi 'veux pas êt' sale, moi, mon père. Moi 'vas êt' un bon Canadien français, avec p'us de peau d'Indien.

L'enfant voit le père hocher la tête en fermant les yeux, crisper les mâchoires. Il en a peut-être trop dit. Il va être battu et il l'aura mérité. Pourvu qu'on ne l'emmène pas dans la chambre de douleur. Il retient son souffle. Secouant toujours la tête, le religieux soupire, puis, lâchant sa binette, il s'accroupit.

— Écoute bien, mon petit Joseph. Il y a bien longtemps, dans le temps des Grecs, il y avait un monstre qui s'appelait Méduse. Il avait un corps de femme et sur sa tête, à la place des cheveux, il y avait plein de serpents, des gros serpents malins. Mais le pire danger quand on rencontrait Méduse, c'était pas de se faire piquer par un serpent, non, c'était qu'elle nous regarde dans les yeux.

— D'ins yeux ?

— Oui. Son regard te pétrifiait. Ça veut dire qu'il te changeait en pierre. Mais un jour, il y avait un garçon qui s'appelait Persée, et lui, il voulait en finir avec le monstre. Il est parti à sa recherche avec son épée, puis un beau bouclier bien brillant que la déesse Athéna lui avait prêté. Quand il a trouvé Méduse, c'est certain qu'il a fallu qu'il se batte avec. C'était compliqué, parce qu'il fallait qu'il voie ce qu'il faisait, mais en même temps il ne fallait pas que son regard croise celui du monstre. Sais-tu comment il a fait ?

L'enfant ne sait que hocher lentement la tête, fasciné.

— Il a placé son beau bouclier brillant comme ça, de manière à voir comme dans un miroir, sans être obligé de regarder directement son ennemie. Et sais-tu quoi ?

Nouveau mouvement de la tête.

— Méduse a fini par se voir dans le bouclier. Elle s'est regardée elle-même dans les yeux, et elle s'est transformée en pierre. C'est comme ça que Persée a gagné la bataille.

Le père Constant pose une main sur la joue de Sozap.

— Aimerais-tu savoir ce qu'elle veut dire, mon histoire ?

Cette fois, l'enfant opine vigoureusement.

— Ça veut dire que tu ne dois pas laisser le regard des autres te changer en pierre, Joseph. Fais comme Persée avec son bouclier. Qu'ils se pétrifient eux-mêmes, ceux qui veulent que tu aies honte de ce que tu es. Si le bon Dieu a voulu que tu sois comme ça, c'est parce qu'il t'aime avec tes cheveux noirs et ta peau brune. T'es pas sale, mon garçon. Le bon Dieu, il aime tous ses enfants.

— Même les Indiens ?

L'homme ne répond pas tout de suite, il prend le temps de se redresser, de fourrager un peu dans la tignasse poussiéreuse, d'esquisser un sourire contrit avant de souffler :

— Oui. Oui, Joseph. Même les Indiens.

Puis, plus fort :

— Bon, faut travailler maintenant, hein. Allons.

Et il reprend sa binette, un trait de chagrin flambant neuf entre les sourcils.

67

— Tu as pris ton Clozapine, Jude ?

— Oui. Oui. Oui, j'ai pris mon Clozapine. Je l'ai pris, mon Clozapine.

La jambe de Jude gigote sous la table. Un petit mouvement continu qui imprime au jeu de Scrabble une vibration de centrifugeuse.

— Tu es sûr ?

Angélique, Angélique avec ses bras striés de rouge, Angélique s'inquiète de Jude. Il lui paraît bien agité. Comment s'assurer qu'il prend ses médicaments ? Elle l'observe tandis qu'il regarde ailleurs. Un tic crispe sa bouche. Il se mordille l'intérieur des joues. Cligne trop fréquemment des yeux.

Elle soupire. Prend sa voix la plus douce.

— Jude ?

Il ne la regarde toujours pas, se mordillant furieusement les joues. Elle aurait envie de poser sa main sur son bras, mais se retient, sachant qu'il ne supporterait pas. Elle se lève.

— Je vais mettre de la musique. Tu veux bien ?

Le garçon hoche sèchement la tête, le regard toujours perdu ailleurs.

Au fond du salon, cette chaîne stéréo d'une autre époque, pas si lointaine. Une chaîne haute-fidélité, comme on disait, avec une table tournante à l'aiguille hypersensible et un lecteur cassette double. Elle saisit un boîtier qui traîne sur une caisse de son. *Suite pour orchestre n° 3* en *ré* mineur de Jean-Sébastien Bach. Il aime ce compositeur, croit-elle avoir compris. Bon. Le boîtier fait un petit clic quand elle l'ouvre. Elle en retire la cassette et la dépose dans le lecteur qui se referme avec un grincement. Un bruit fantôme, puis les premières notes. Cette douceur. Tant de douceur.

Lorsqu'elle revient dans la cuisine, les yeux de Jude l'attendent. Au lieu de reprendre sa place en face de lui, elle s'assied tout près, elle sait qu'elle peut le toucher, maintenant que la musique le berce. Elle l'entoure de ses bras, un peu gauchement, comme une mère le ferait avec un grand garçon. C'est ce qu'elle sait faire de mieux, Angélique, prendre les gens dans ses bras. Jude se détend doucement, jusqu'à poser sa joue sur l'épaule ronde, moelleuse. Elle n'entend pas d'abord ce qu'il murmure, sa voix étouffée par le tissu et les chairs. Elle ne répond pas. Elle attend. Il répète.

— T'es belle, Angélique.

68

Tu es cette biche, les yeux emprisonnés dans la lumière des phares. Tu te jettes sous les roues de cette voiture parce qu'il n'y a rien d'autre qui puisse être fait. C'est la seule action possible. Tu te jettes sur la voiture et tu roules ensuite sur le bas-côté, libérée des lames de lumière qui te tailladaient de partout, qui te criaient dans la tête.

Couchée sur le flanc, tu expires ce qui te reste d'air. Enfin, tu souffles cet air trop difficile à respirer, cet air qui t'étouffait depuis toujours. Tu sens qu'avec le sang qui s'écoule de tes blessures s'en vont toutes les peurs, tout ce qui a broyé ta poitrine, écrasé ton cœur, serré ta gorge, toujours. Tout à coup cela se dégage, tout à coup tu respires pour la première fois depuis longtemps, pour de vrai, dans cette légèreté nouvelle. La dernière chose qui te traverse le regard, avant que tu fermes les yeux, c'est une sorte d'euphorie, la joie vive d'une enfant qui vient de retrouver le regard de sa mère après une longue séparation.

Le sang coule, coule de ton poignet, tu glisses du siège des toilettes, doucement, les ciseaux tombent par terre avec un cliquetis aigu, tu t'affaisses sur la céramique. Tout va bien. Tu as du Brahms dans la tête. C'est confus. Peut-être la troisième symphonie. Ce n'est plus important de toute façon.

Tu ne sais pas, biche, tu n'as même pas pensé, transie que tu étais par cette lumière-prison, que dans quelques minutes ton petit garçon de cinq ans, que tu crois endormi dans son lit, pourrait avoir envie de pipi, entrer dans cette salle de bains et trouver tout ce sang avec sa mère dedans. Sa mère les cheveux noyés dans son propre sang, le visage éclairé par une joie inconnue. Tu n'as aucune idée de cela, de ce que cette découverte pourrait faire à ton enfant, aux prises déjà avec la lumière méchante, lui aussi apaisé seulement par les notes parfaites qui fusent de ton walkman jaune. Aucune idée.

69

Le vieil homme traîne ses pantoufles dans le couloir pastel. Il cherche quelque chose. Son visage inquiet scrute les portes ouvertes, il hoche la tête, s'impatiente. Keith le voit, du bureau où il remplit des formulaires, au fond du couloir. Le vieux perdu de la chambre 14. Le grand-père du jeune aux cheveux longs qui jase avec l'Indien. Le voilà qui fait de l'errance, maintenant. Va falloir le ramener. Peut-être qu'il va avoir besoin de contention… Pas maintenant. On va juste le ramener pour cette fois. Il se lève en soupirant.

— Êtes-vous correct, monsieur Ringo ?

Le vieux se tourne vers lui. Aucune expression, à part ce regard douloureusement angoissé. On joue la douceur. On s'approche, on saisit tranquillement le coude.

— Vous alliez où comme ça ?

Les lèvres de Ringo tremblent. Il a la bouche si sèche. Le son qui en sort n'est pas sa voix. Oui ? Il ne se souvenait pas que sa voix faisait ce son.

— Na… thalie… Nathalie… Ma fille. Elle est en train d'avoir son bébé, là. Il faut que je la trouve. Elle a juste quatorze ans, elle a juste moi, il faut que je la trouve.

Bon. Perdu pour de vrai, le bonhomme. Il commence à s'agiter en plus. Encore plus de douceur.

— Venez avec moi, on va la trouver. Donnez-moi votre bras, là. On y va. Bon. Comme ça votre fille accouche ?

— Oui. Oui, ma fille. Elle est encore toute petite. Une petite fille.

Le vieux se tourne vers Keith, le regard soudain lucide.

— On pense pas à ça, mon gars, que ça se peut d'avoir le cœur brisé deux fois. On pense pas à ça…

On est rendus. On aide le monsieur à s'asseoir. On lui met une couverture sur les épaules et on va préparer l'injection. Au cas où. Et puis non. Pas au cas où. On va revenir donner la piqûre. Il faut terminer ces formulaires aujourd'hui, autant s'assurer qu'on va pouvoir le faire tranquille.

70

Elle s'appelle Nathalie. Elle s'en souvient, mais c'est à peu près tout ce dont elle se souvient parce qu'elle est saoule maintenant, couchée sur le dos, saoule et stone et sous un homme qui force comme un débile entre ses cuisses. Elle rit. Il lui demande pourquoi elle rit. Elle dit que ça lui fait penser à monsieur Dubé. Monsieur Dubé qui faisait chhhhhhhhut, qui disait arrête ça. *Tu veux que j'arrête, toi aussi?*

Non, non, il ne veut pas qu'elle arrête, il grogne et force encore et c'est fini. Il s'écrase sur elle. Elle sent son haleine trop chaude dans son cou. Elle a mal au cœur. *Il faut que je m'en aille.* Elle n'a pas d'affaire là, dans cette chambre de motel avec un bonhomme qui l'a ramassée dans la rue. Il ne faut plus qu'elle fasse ça, il ne faut plus prendre de dope et se saouler et marcher dans la rue la nuit en cherchant rien.

Ringo va s'inquiéter. Il doit s'inquiéter déjà.

Pourquoi tu fais ça, Nathalie? Que cherches-tu dans les fonds de bouteille et les buzz d'acide? Qui cherches-tu? Qu'as-tu perdu?

Sors de là. Va-t'en. Tu t'appelles Nathalie, tu as treize ans et il faut que tu rentres à la maison. Tout de suite.

Hériter des mensonges, hériter de la folie. Hériter des cheveux, de la taille, des beaux yeux. Hériter des peurs et des effronteries. Hériter du regard sur le monde et sur soi. Hériter des erreurs. Hériter des bienfaits. Hériter du silence et de la partition. Hériter du vide, hériter du plein. Hériter d'une histoire qui ne fut pas la sienne. Hériter des prisons intérieures et des troubles du cœur. Hériter de l'exil.

Hériter de tout ce qui n'a pas été dit.

71

C'est une découverte extraordinaire qui l'a empêchée de mourir de chagrin à l'âge de six ans. Un après-midi, l'après-midi du quatre-vingt-sixième dodo, madame Dubé s'était installée pour tricoter dans le salon, à côté du meuble tourne-disque. C'était une grosse chose rectangulaire et brune, et qui sentait le vernis. Remarquant la curiosité avec laquelle la petite considérait l'objet, madame Dubé – qui était parfois gentille, la preuve – a proposé :

— Veux-tu qu'on mette de la musique ?

Nathalie a fait oui du bonnet.

— Qu'est-ce que tu veux écouter ?

Nathalie ne savait pas. Elle a haussé les épaules et pointé le disque qui se trouvait sur le devant de la rangée. Le côté droit du recto était blanc avec des écritures. Le côté gauche présentait une large bande verte où l'on pouvait voir les lettres : J. S. BACH, et qui surmontait un joli dessin représentant des femmes en train de danser en rond sans rien d'autre qu'un voile sur elles. Madame Dubé s'est levée et a mis le disque. Et là ! Là !

Là, le *Concerto pour violon* en *la* mineur, puis celui en *mi* majeur ont existé pour la première fois. Dans l'âme émerveillée de la petite fille, qui n'avait jamais entendu que du rock & roll et du country, s'est élevé quelque chose comme l'espoir, comme une lumière qu'elle n'avait jamais imaginée. Elle s'est dit : « C'est Dieu. C'est Lui. Il me parle à moi. Il me parle ! » Et quand le disque a été fini, elle a prié, d'une voix transfigurée, oubliant la redoutable jointure de madame Dubé :

— Encore, oh ! Encore !

— Encore cette vieille affaire-là ? T'aimerais pas mieux Patsy Cline ? Ou Kenny Rogers. Ou Paul Brunelle. C'est beau, Paul Brunelle.

— Oh ! Non, s'il vous plaît, madame ! Encore Dieu !

— Dieu ? Comment ça, Dieu ?

Nathalie s'est contentée de joindre les mains et de prendre l'air le plus suppliant possible. Et madame Dubé a acquiescé.

— Juste une fois, par exemple. Après, on va mettre Paul Brunelle.

72

Le tissu léger de la robe glisse sur sa peau pour tomber parfaitement, épousant le ventre, les fesses, les hanches. Elle lisse de la main les plis restés dans la soie grège. Ses chaussures, des Mary-Jane toutes simples avec un petit talon, complètent parfaitement l'ensemble. Elle a relevé sa chevelure en chignon pour dégager son cou et ses oreilles dont la délicatesse, elle le sait, attire les regards.

Il arrive derrière elle, elle le voit dans le miroir où elle jetait un dernier regard satisfait. Elle le laisse venir tout contre son dos et la prendre par les hanches, laisse rouler sa nuque sur la poitrine du beau garçon aux cheveux longs dont les yeux noirs luisent de désir. Il fait courir ses doigts jusqu'au bas des cuisses de la jeune femme et les insinue sous l'ourlet de la robe, les remonte doucement pour s'arrêter juste à l'endroit où la peau commence, entre le bas mi-cuisse et la culotte. Elle soupire. Son ventre se contracte. Tant pis pour la robe, elle sera froissée. L'amour est trop délicieux.

Elle pivote sur elle-même, le visage tendu, prête pour le baiser, et… et c'est Keith qui est là, Keith qui ricane, Keith qui lui lacère les bras en hurlant :

— T'es ma grosse cochonne à moi ! Ma grosse cochonne à moi ! Ma grosse cochonne !

Effarée, elle cherche à se dégager de l'étreinte, mais le monstre la retient et la force à se retourner vers le miroir.

— Regarde-toi. Qu'est-ce que tu penses ? T'es rien qu'une grosse truie. Une grosse truie… une… grosse… truie…

Elle se voit, elle se voit maintenant, nue, grotesque avec toute cette chair, tous ces plis, ces cheveux trop fins, ce cou avalé par les mentons. Elle se voit, ce n'est pas elle, ce ne peut pas être elle, cette… grosse… truie… Où est le garçon ? Où est Jude ? Elle essaie de crier son nom pour qu'il vienne la sortir de ce cauchemar, mais aucun son ne sort de sa gorge, elle est trop serrée, elle est fermée sa gorge, j'étouffe, j'ét…

Angélique ouvre les yeux, le souffle court. Elle est dans son lit, les draps entortillés autour du corps. Ses joues ruissellent de larmes.

Bien sûr. On se rêve. Et puis on se réveille dans ce corps.

Il ne serait pas possible, cet amour-là. Un amour, même pur, même superbe, entre deux grands maganés de la vie comme ces deux-là, ça ne peut pas fleurir. Ça reste en bourgeon et, au bout d'un temps plus ou moins long, ça sèche sur pied. Et ça finit là.

Vraiment ?

73

Elle ne sent rien. Elle flotte.

Ça fait un bout de temps qu'elle est comme ça, engourdie, lovée autour de ce ventre où pousse un enfant qui lui parle de sa mère. Sa mère à elle. June.

L'enfant lui dit que June est quelque part, qu'elle n'est pas disparue, qu'elle fait voler ses mains comme des oiseaux dans les pages des magazines où elles vantent les mérites de crèmes luxueuses et de bijoux scintillants. Qu'elle ne l'a pas oubliée. Qu'elle n'a pas abandonné sa petite fille. Que le silence de Ringo n'est pas cette prison de désespérance, qu'on peut s'en évader, qu'on n'a qu'à tracer les fissures par où entrera la lumière.

Les ciseaux de coiffeuse ne tremblent pas dans la main de Nathalie. Assise sur le siège des toilettes, elle sait exactement comment les tenir pour que la lame entre fermement dans son avant-bras, pas trop profondément, juste assez pour entamer le derme. Un petit mouvement sec vers l'extérieur et voilà, voilà une fissure, et par elle un peu de lumière fuse dans son corps. Un tout petit peu de lumière. Mais il fait trop noir encore. Il fait si noir, et personne ne viendra la chercher ici. Il faudra d'autres fissures, encore et encore d'autres fissures qui s'ajouteront à celles qu'elle a déjà ouvertes, nombreuses, et qui décorent ses avant-bras de petits rayons écarlates. Et puis enfin, un jour, un soir après souper, les fissures ne suffiront plus. Le noir aura tout englouti.

Il faudra ouvrir complètement.

Un revolver, c'est une possibilité. Une arme contre la barbarie. Un outil pour faire taire les tannants. Le silence de l'autre à bout portant. Ou le sien propre, définitif.

Cet objet dans la main. Léger et portant la mort. La menace, la contrainte. Conçu pour être parfaitement adapté à la paume, au pouce, à l'index. Une fois le chien tiré, il ne reste que la liberté de décider si oui ou non on appuie sur la détente.

On sera libéré de quelque chose alors.

Passer d'une prison à une autre. Libérer quelqu'un en le matant. Au fond c'est à ça qu'ils servent, les revolvers.

74

Tu as vu comme je l'ai fait, le revolver, Cassandre ? Ce rouge dans les reflets, comme s'il y avait du sang dessus.

La souffrance sur les traits du visage. Je ne me sens plus comme ça. Je me sens comme l'été de monsieur Antonio, tu sais, avec les oiseaux et le vent et la pluie et le soleil dans les feuilles.

Angélique, elle est belle avec toute sa douceur, sa peau est douce, elle sent bon. On est bien tous les deux.

Je pensais que le monde partait en déroute, tu sais. J'étais sûr que l'univers m'avait envoyé tous les signes. Il me les avait envoyés… il me semble que je les ai vus… entendus… Ce tableau, c'était pour montrer que ma souffrance allait sauver les hommes. D'une certaine manière. Ils ne l'auraient pas su. Toi tu l'aurais su, mais pas eux. Eux ils sont dans leur monde et moi dans le mien et toi dans le tien, mais toi tu peux entrer dans mon monde. Angélique aussi elle peut, comme Ringo pouvait.

Maintenant Ringo, il est dans son monde à lui. Personne d'autre que lui ne peut y aller. Peut-être que monsieur Joseph peut. Il est un genre de sorcier, je pense, monsieur Joseph. Lui aussi en tout cas, il connaît mon monde. S'il te rencontrait, je crois bien qu'il pourrait voir ce que tu vois en dedans. Il voit ces affaires-là, lui.

Et le Keith… il est dans son monde lui aussi, hein. Et dans ce monde-là, on fait du mal à Angélique. J'aime pas ça, j'aime pas ça. Quand je pense à ça en même temps que je tiens le revolver dans ma main, l'image de la boîte de balles me revient, je sais où elles sont, je me vois aller les chercher puis en mettre six dans le barillet, puis m'en aller au Manoir et le voir dans son bureau au bout du corridor, et puis lui tirer toutes les balles, paw paw, paw paw, paw paw ! Après il serait mort et Angélique n'aurait plus de griffures sur les bras, jamais, et plus les yeux tristes non plus. Elle viendrait vivre ici avec moi et on jouerait au Scrabble et on rirait fort des fois.

Et peut-être aussi qu'on pourrait dormir collés.

75

Elle a dit non.

Elle a refusé ce nouveau rendez-vous à la maison dans la ruelle. Keith a insisté, a voulu la pincer, la griffer pour lui rappeler peut-être une sensation, pour la faire réagir positivement. Mais non. Elle a répété : non. Non, je n'irai plus. Non, je ne veux plus jouer à ça avec toi et tes amis. C'est fini.

Il est reparti, ombrageux, la laissant un peu pantelante contre le mur où il l'avait plaquée. Les jambes flageolantes d'avoir eu cet élan insensé, d'avoir été le chevreuil qui dit non au loup. Non, je ne veux plus être le chevreuil et toi le loup. Je veux être une femme, un être humain, et regarder en face un autre être humain et lui dire je t'aime.

Joseph a tout vu. Elle l'a aperçu aussi, appuyé sur le manche de la moppe, au fond, là-bas. Elle a su ce qu'il voulait qu'elle comprenne.

Ce qu'il voulait qu'elle trouve.

76

June sourit. Nathalie s'est endormie, la tête sur ses genoux. Ringo conduit la Dodge A100 Custom Sportsman Van 1965. Les trois autres ronflent derrière. Les instruments brinqueballent au rythme des cahots.

Ils ont quitté Valleyfield tous ensemble. Personne n'est disparu. Personne n'a laissé sa petite fille derrière. Ils s'en vont, les Highway Riders, à Nashville pour faire leur long-jeu.

Le vieux devant la fenêtre a les yeux grands ouverts pour voir tout le portrait. Il est heureux. Il vit désormais dans le rêve de ce qui n'est pas advenu, mais dont le possible est toujours demeuré. Il a remonté le fil de ce possible et repris l'histoire là où elle s'était emmêlée.

On va faire les choses comme il faut. On va voir grandir notre fille. Elle va devenir une mère un jour, elle va avoir un beau gars, puis on va être des grands-parents. Ensemble. Avec les trois autres.

Il hoche lentement la tête dans son contentement tranquille.

Dans la chambre flotte une odeur de foin brûlé.

Rembobiner le temps. Enregistrer une autre plage à la place de l'originale.

La possibilité d'un autre soi. D'un héritage différent.

Vivre.

11

Valleyfield. Le pont Laroque vibre au passage des véhicules, nombreux, qui traversent le canal de Beauharnois. Debout au bord de la travée centrale, ils se sont fait klaxonner pratiquement sans interruption durant toute leur présence ici. Ce n'est pas étonnant, vu qu'il n'y a pas vraiment de place pour les piétons.

La cacophonie rendue encore plus assourdissante par l'ajout du vent qui s'engouffrait dans la structure d'acier ne semblait pas les déranger, pas plus que le froid de ce printemps tardif. Personne ne pouvait apercevoir les visages des deux gêneurs, puisqu'ils étaient tournés vers l'extérieur du pont, mais, même en roulant vite, on a eu le temps de jauger leurs silhouettes et de considérer qu'il s'agissait d'un étrange duo : une femme très grosse et un homme (on ne pouvait que l'estimer à l'étroitesse de ses hanches, en fait) aux cheveux longs.

Personne non plus n'a pu deviner à quel manège ils se livraient.

Peut-être quelqu'un, un passager dans une auto, a-t-il pu entrevoir brièvement l'objet qu'ils venaient de jeter à l'eau. Un petit objet de métal noir et de bois blond, pas si lourd qu'il en a l'air, et qui porte en lui d'effroyables possibles. Probablement pas. Ils ont fait très vite, jetant avec lui ce qui les rattachait aux blessures anciennes et aux histoires passées. Ils se sont regardés ensuite, soudain joyeux, puis ont regagné la rive en marchant l'un derrière l'autre, main dans la main.

La Dodge A100 Custom Sportsman Van 1965 est garée n'importe comment, non loin de la sortie du pont. Demain, ils repartiront vers l'est où les attend un chat.

LISTE DES ŒUVRES MUSICALES PAR ORDRE DE MENTION

1. Antonio Vivaldi, *Les Quatre Saisons, Concerto n° 2* en *sol* mineur, op. 8, RV 315, *« L'estate » (L'Été)*
2. The Rolling Stones, *Sympathy for the Devil*
3. Brenda Lee, *I'm Sorry*
4. Jean-Sébastien Bach, *Concerto Brandebourgeois nº 3* en *sol* majeur
5. Jean-Pierre Claris de Florian (texte) et Jean Paul Égide Martini (musique), *Plaisir d'amour*
6. Tom Waits, *Strange Weather*
7. Jean-Sébastien Bach, *La Passion selon saint Jean*
8. Léo Ferré, *Avec le temps*
9. Jean-Sébastien Bach, *Fugue n° 8* en *ré dièse* mineur
10. Johnny Cash, *Big River*
11. Jean-Sébastien Bach, *Messe* en *si* mineur, Agnus Dei
12. Wolfgang Amadeus Mozart, *Ave Verum Corpus*
13. Wolfgang Amadeus Mozart, *Requiem, Lacrimosa*
14. Antonio Vivaldi, *Stabat Mater*

15. Giovanni Pierluigi da Palestrina, *Stabat Mater*
16. Gregorio Allegri, *Miserere*
17. Wolfgang Amadeus Mozart, *Concerto pour piano n° 21* en *ut* majeur
18. Jean-Sébastien Bach, *Suite pour orchestre n° 3* en *ré* mineur
19. Johannes Brahms, *Symphonie n° 3*, pocco allegretto
20. Jean-Sébastien Bach, *Concerto pour violon* en *la* mineur

REMERCIEMENTS

Écrire un roman peut demander de s'isoler afin d'entendre plus clairement ces personnages qui s'agitent et crient parfois. Je remercie en ce sens Florian Côté et Françoise Lavallée pour m'avoir, par deux fois, gentiment prêté leur chalet à cette fin.

Cela peut aussi nécessiter des connaissances que nous devons emprunter à d'autres qui en savent plus long que nous. Merci alors à Marie-Pier Bouchard-Dallaire pour ses précieux conseils de pharmacienne.

À tous ceux qui m'ont donné un avis, un conseil, une réponse, de l'écoute durant l'écriture de ce livre : merci.

Enfin, on a toujours besoin d'un premier lecteur avisé, et qui nous aime assez pour dire exactement ce qu'il pense. Merci Alain Larose, poète et fiancé.

Larouche, 2008
Chicoutimi, 2012

amÉrica

Dans la même collection :

AQUIN Philippe, *La Route de Bulawayo*, roman, 2002.

BARBEAU-LAVALETTE Anaïs, *Je voudrais qu'on m'efface*, roman, 2010.

BERNARD Marie Christine, *Mademoiselle Personne*, roman, 2008.

BERNARD Marie Christine, *Sombre Peuple*, roman, 2010.

FONTAINE Nicole, *Olivier ou l'inconsolable chagrin*, roman, 2009.

GAGNON Marie-Claude, *Rushes*, roman, 2005.

GAGNON Marie-Claude, *Murmures d'Eaux*, roman, 2007.

GAGNON Pierre, *C'est la faute à Bono*, roman, 2007.

GAGNON Pierre, *Je veux cette guitare*, nouvelles, 2008.

GASQUY-RESCH Yannick, *Gaston Miron, le forcené magnifique*, essai, 2003.

GAUMONT Isabelle, *Subordonnée*, roman, 2007.

GRAMONT Monique de, *Adam, Ève et…*, roman, 2006.

GRAMONT Monique de, *Le Piège à fou*, thriller psychologique, 2008.

GRAMONT Monique de, *Méchants voisins*, roman, 2009.

GRÉGOIRE Paul, *Un hiver au P'tit Hippolyte*, roman, 2011.

JIMENEZ Vania, *Le Seigneur de l'oreille*, roman, 2003.

KATTAN Naïm, *Le Veilleur*, roman, 2009.

KATTAN Naïm, *Le Long Retour*, roman, 2011.

KILLEN Chris, *La Chambre aux oiseaux*, roman, 2009.

KORN-ADLER Raphaël, *São Paulo ou la mort qui rit*, roman, 2002.

KORN-ADLER Raphaël, *Faites le zéro…*, roman, 2003.

LABRECQUE Diane, *Raphaëlle en miettes*, roman, 2009.

LABRECQUE Diane, *Je mourrai pas zombie*, roman, 2011.

LATENDRESSE Maryse, *La Danseuse*, roman, 2002.

LATENDRESSE Maryse, *Pas de mal à une mouche*, roman, 2009.

LATENDRESSE Maryse, *Quelque chose à l'intérieur*, roman, 2004.

LECLERC Michel, *Le Promeneur d'Afrique*, roman, 2006.

LECLERC Michel, *Un été sans histoire*, roman, 2007.

LECLERC Michel, *La Fille du Prado*, roman, 2008.

LECLERC Michel, *Une toute petite mort*, roman, 2009.

LEFEBVRE Michel, *Je suis né en 1951… je me souviens*, récit, 2005.

LOCAS Janis, *La Seconde Moitié*, roman, 2005.

MALKA Francis, *Le Jardinier de monsieur Chaos*, roman, 2007.

MALKA Francis, *La Noyade du marchand de parapluies*, roman, 2010.

MALKA Francis, *Le Testament du professeur Zukerman*, roman, 2012.

MALKA Francis, *Le Violoncelliste sourd*, roman, 2008

MARCOUX Bernard, *Ève ou l'art d'aimer*, roman, 2004.

MARCOUX Bernard, *L'Arrière-petite-fille de madame Bovary*, roman, 2006.

RAIMBAULT Alain, *Roman et Anna*, roman, 2006.

RAIMBAULT Alain, *Confidence à l'aveugle*, roman, 2008.

SÉGUIN Benoit, *La Voix du maître*, roman, 2009.

ST-AMAND Patrick, *L'Amour obscène*, roman, 2003.

TREMBLAY Louis, *Une vie normale*, roman, 2007.

TROTTIER Yves, *Nevada est mort*, roman, 2010.

VILLENEUVE Johanne, *Mémoires du chien*, roman, 2002.

Suivez-nous

GARANT DES FORÊTS INTACTES

Achevé d'imprimer en septembre 2012
sur les presses de l'imprimerie Gauvin
Gatineau, Québec